멸종될 여름에 소다 거품을

멸종될 여름에
소다 거품을

박에스더 장편소설

|주|자음과모음

차례

레시피 1   장미래···7

레시피 2   한영···130

레시피 3   다시 장미래···150

레시피 4   한성제···170

레시피 5   또다시 장미래···189

작가의 말···231

장미래

  그해 지구에서 있었던 일은 내가 다음 몸으로 영혼을 옮긴다고 해도 절대 잊지 못할 것이다. 이제 그 일은 나를 이루는 가장 중요한 것이 되었으니까.

  저 안, 심장 깊숙한 곳에 가만히 내려앉은 공기와 흔들리는 마음과 생겨난 기포들. 영원에 가까운 작별과 이편에 남은 것들과 사랑의 잔해들이 마구 섞여 버린 시간은 내 안에서 아주 천천히 소화될 것이다.

*

  공기에서는 건조하고 차가운 냄새가 났다.

  나는 초조한 마음을 감춘 채 대기실 의자에 앉아 있었다. 창밖으로 고풍스러운 학교 건물의 지붕이 보였다. 그 위엔 올해의 마지막 눈이 쌓여 있었다. 저게 올해의 마지막 눈이라는 걸 알 수 있는 건 오는 길에 들은 기상 예보 덕분이다. 지금의 지구는 거의 모든 게 예측 가능하다. 그러니 저게 마지막 눈이라고 예측된다면, 그게 맞다.

'그' 3월 2일도 지나고 이젠 봄이 올 차례다.

그리고 그 예측 가능한 봄을 내가 이곳에서 맞을 수 있을지 없을지는 곧 있으면 받을 성적표에 달려 있다.

나는 그들이 내려 준 임무를 성실히 수행했다.

몇 점을 맞았는지는 몰라도, 어쨌건 시험에서 떨어지진 않은 모양이다. 하지만 결과는 직접 듣기 전까지는 모르는 법이다.

가만히 앉아 교복 치맛단을 꾹꾹 눌렀다. 손에는 습관처럼 영단어 노트가 들려 있다. 이건 나의 습관이 아니라 몸의 습관이다. 지구에서 태어나 십구 년을 자란 육체의 습관. 삼 년 내내 수능 하나만을 바라보고 달려왔으니 당연한 일이다.

메고 있는 가방도, 가방에 달린 키 링도, 이어폰을 타고 흘러나오는 노래도 나의 것은 아니다. 아니, 정확히 말하면 내 것이지만 내 것이 아니다.

모든 것이 너무나 익숙했지만 육체의 기억과 습관은 아직도 내 영혼에 가라앉지 않고 저 위를 떠다니고 있다. 물론 육체와 영혼의 '합일'이 일어난 지 며칠 되지 않았으니 이런 느낌이 드는 건 당연한 걸 수도 있다.

당연하지만 이상한 느낌이긴 했다. 내 몸 어딘가를 부유하는 것들을 잡아 보려고 했지만, 손에 닿았다 싶으면 곧 비눗방울처럼 펑 하고 터져 버렸다. 남은 건 손끝에 묻어 있는 아주 조금의 비눗물뿐. 햇빛이 비치면 오색으로 잠깐 반짝거리다가 사라졌다.

아니, 어쩌면 비눗방울은 내 쪽일 수도 있다. 지구를 스쳐 지나가는, 그러다가 결국 터지고 마는 비눗방울.

그 사이로 잊어버린 무언가가 숨어 있다는 생각이 들었다. 마치 꿈결처럼…….

"들어오세요, 장미래 학생."

내 생각을 끊은 건 예의 바른 목소리였다. 나는 얼른 옷매무새를 가다듬고는 자리에서 일어나 문고리를 잡았다. 문패에는 '교장실'이라고 쓰여 있었다.

들어서자마자 커다란 창문이 눈에 꽉 차게 들어왔다. 이음새 하나 보이지 않는 창문에는 단 하나의 직선만이 그려져 있었다. 마치 추상화처럼 보였다.

직선 위로는 하늘이고 아래로는 눈이었다. 오늘 날씨가 흐리기에 하늘은 쌓인 눈보다 조금 더 어두운 텁텁한 연회색이었다. 지금은 눈에 가려져 아무것도 보이지 않지만, 나는 뒤로 펼쳐진 눈 아래에 뭐가 있는지 알고 있다. 여름이 되면 저곳은 새파란 풀잎의 바다가 될 것이다.

내 육체의 기억 속에 남은 장면은 너무나 생생하고 박력이 넘쳐서, 눈을 감은 채 숨을 들이마시면 뜨거운 태양 아래 익어 가는 짙은 풀 향기가 날 것만 같다. 세찬 비가 두어 차례 지나가면 학교를 둘러싸고 있는 들판의 풀들은 내 키를 훌쩍 넘을 만큼 자라난다. 그러면 이곳은 짙은 초록빛 바다에 떠 있는 작은 섬이 된다.

사방 2킬로미터에 아무것도 없이 고요히 떠 있는 이곳 세종(世終)고등학교는 며칠 전, 내가 하나의 세계를 구한 곳이기도 하다.

탁.

불이 꺼졌다.

아니, 불이 꺼진 게 아니라 갑자기 밤이 찾아온 거였다. 정확히 말하면 대기가 사라져서 빛의 산란이 불가능해졌다고 해야겠지. 눈과 연회색 하늘로 가득 차 있던 창문 밖은 이제 새카만 어둠으로 덮여 있었다.

보이는 건 손을 뻗으면 닿을 것 같은 별 무리. 지난 이백 년간 내가 살아왔던 곳이다. 단박에 그리움이 몰려왔다.

"은방울자리은하로군요."

"역시 기획부 차석 연구원다운 대답이라고 해야 할까요? 힐긋 보자마자 알아차리는군요."

방 안에는 아무도 없었다. 들리는 건 오로지 목소리뿐이었다.

육체의 눈으로는 영혼을 볼 수 없다는 걸 알면서도 사방을 한 번 둘러보았다. 아마 상대방은 이런 내 모습을 보고 있을 것이다.

얼른 시선을 돌려 다시 창밖에 두었다.

"……꽤 인상적인 은하니까요. 이름처럼 예쁘기도 하고요."

반은 맞고 반은 아닌 대답이었다. 은방울자리은하는 예쁘게 생겼고 관광하기에도 좋은 은하이지만, 나에게는 조금 다른 의미를 지닌 은하이기도 하다.

내가 '그 애', 한영을 처음으로 만난 곳이니까. 잊을 수 있을 리가 없다.

지금 창밖으로 보이는 풍경은 윗분들이 타고 있는 콜로니(우주거주선)에서 보이는 모습일 것이다. 내가 보는 건 그것의 반사된 풍경에 불과하다.

"인사드리겠습니다. 기획부 제2소대 차석 연구원 장미래입니다. 이렇게 콜로니와 지구가 연결되어 있는 곳이 있는 줄은 몰랐습니다."

"영혼과 육체가 합일한 사람이 지금까지 한 번도 지구에 있었던 적이 없어서 말이죠. 우리 쪽도 이걸 사용하는 건 처음입니다. 게다가 이건 일회용이라서요."

"그렇군요."

그 말을 들으니 순간 외로운 기분이 들었다. 이 거대한 행성 안에 영혼을 가진 사람은 오로지 나뿐이다.

아니, 정확히 말하면 한 명 더 있긴 하다. 내가 지금 이곳에 있는 이유, 지구에 내려온 이유 그리고 앞으로 지구에 머무르려는 단 하나의 이유인 사람.

한영.

하지만 동시에 한영은 내가 이해할 수 없는 사람이기도 하다. 그러니 외로움은 계속될 것이다. 내가 지구에 머무르기로 결정한다면.

"그래도 만들어 둔 보람은 있네요. 그래서 어떤가요, 지구 생활은?"

나는 잠시 고민하다 입을 열었다.

모습이 보이지 않고 말투 역시 상냥하지만, 저들은 행성급 콜로니 하나 정도는 쉽게 오라 가라 할 수 있는 권력을 가진 이들이다. 그걸 고려하면서 답해야 했다. 이 모든 게 시험의 일부라고 생각하면서.

"어느 쪽이 궁금하세요? 차석 연구원의 대답이 궁금하신지, 아니면 열아홉 수험생의 답변이 궁금하신 건지요."

내 대답에 저들이 웃는 게 느껴졌다. 웃음소리가 들린 건 아니었지만 주변 공기가 가볍게 흔들렸다.

"역시 신중한 성격이군요. 명령을 해치울 때와는 다르게 말이에요."

"아무래도 그때는 시간이 얼마 없었으니까요."

저들이 나에게 내린 명령이 떠올랐다.

그때 그 시간에 합일된 '그 애'의 몸과 영혼에 새겨진 판결 주문을 가져오도록. 무슨 방법을 써도 상관없다.

무슨 방법을 써도 상관없다는 건 예상외이긴 했다. 보통 그 말은 대상을 죽여도 책임을 묻지 않겠다는 뜻으로 사용되니까. 어떻게 해서든 일단 명령을 완수해라, 라는 의미로.

내가 속한 콜로니 '목요일'은 기본적으로 군 소속이기에 그런 명령을 받은 이를 많이 보았다. 그러나 나에게 내려올 거라곤 생각해 본 적 없었다. 목요일의 군대 편제에 소속되어 있긴 하지만, 그래도 나는 군인이 아니라 민간인인 연구원 신분이다.

하지만 윗분들의 명령을 거절할 수는 없는 노릇이었다. 그래서 어쩔 수 없이 지구로 내려왔다.

그리고 지구에서 명령의 대상인 '그 애'를 만났다. '그 애'를 보고 나서야 나는 내가 왜 이 명령을 받고 여기까지 왔는지 깨달을 수 있었다.

'그 애', 한영은 모든 걸 예상하고 있었다. 위에서 어떤 명령을 내릴지까지.

때문에 그 많은 행성을 두고 고향도 아닌 지구에서 태어나기를 선택한 것이다. 자신의 목숨이 걸린 명령이 내려졌을 때 그것을 이행할 사람으로 다른 누구도 아닌 내가 내려오길 바랐으니까.

보호 행성이 된 지구는 다른 우주인들의 입성(入星)과 출성(出

土)이 어려워졌다. 그렇기에 지구인 출신인 내가 그 명령에 딱 알맞은 인재일 수밖에 없었다.

아무튼 나는 결국 한영의 목숨을 구했다.

정확히 말하면, 영의 목숨에 손가락 하나 대지 못했다고 말하는 편이 더 옳을 것이다.

"시간보다는 마음의 문제였겠지요. 그렇지 않나요?"

저들도 그걸 잘 알고 있었다.

"아직도 시험 중인 건가요?"

내 질문에 다시 웃음이 퍼지는 게 느껴졌다.

"그럴 리가요. 장미래, 당신은 명령을 잘 수행해 주었어요. 물론 계획에 조금 위험한 부분도 있었지만, 어쨌든 결과는 괜찮았으니까."

"그렇게 생각해 주시니 다행입니다. 그리고 질문에 대답을 드리자면, 마음의 문제도 맞긴 했습니다."

"죽이고 싶지 않았다는 거죠?"

"⋯⋯네."

나는 한영을 죽이고 싶지 않았다. 그래서 어떻게든 잔머리를 굴려 그 애가 살아남을 수 있는 방안을 생각해 냈다. 그게 나를 위험으로 이끌어도 괜찮았다.

지구에 있는 한영을 본 순간, 나는 깨달았다. 내가 다시 한번 사랑에 빠질 것이라고.

나는 한영을 사랑했고, 사랑해서 헤어졌다. 그 후 지구에서 전혀 다른 모습으로 또 만나게 되었다. 그리고 또, 이렇게 됐다.

이미 한 번 해 본 익숙한 감정이었다. 처음도, 끝도.

알면서도 끝낼 수가 없었다. 결말을 아는 영화를 다시 보는 기분이었다. 하지만 결말이 바뀌지 않는대도 저번에는 미처 보지 못한 것들을 볼 수 있을지도 몰랐다. 그런 마음으로 이번 결정을 내렸다.

"기획부에 올린 휴가 계획서를 봤어요."

드디어 본론이 나왔다. 나는 침을 한 번 삼켰다.

"빠르시군요."

"우리는 2계급 특진을 생각하고 있었는데, 정말 이쪽을 더 바라는 건가요?"

며칠 동안 생각해 둔 이유를 내밀 차례였다.

"네, 아무래도 쉴 타이밍이라고 생각했습니다. 목요일에 머문 것도 슬슬 삼십 년이 넘어가고요. 게다가 이런 일이 아니면 지구에 머무를 일은 더 없을 것 같아서요."

"한곳에 오래 머물긴 했네요."

모습이 보이지 않는 이들의 심중을 짐작하는 건 어려운 일이다. 표정도, 손짓도, 어디를 바라보고 있는지도 알 수 없으니까.

지구에서의 명령을 이행하자마자 나는 바로 장기 휴가 계획서를 올렸다. 휴가지 지구, 복귀 일자 미정으로 올린 계획서는 미쳤느냐는 소리를 듣기 딱 좋았다. 위에서 내려온 명령도 잘 완수해 낸 지금, 콜로니에 붙어만 있다면 수석 연구원으로 진급하는 것은 물론 1소대로 자리를 옮길 수도 있었다. 이 상황에 장기 휴가를 낸다는 건 그 모든 걸 포기하겠다는 말이었다.

하지만 나는 지금 열아홉의 육체와 합일한 영혼이다. 그리고 열아홉 살에게 중요한 것은 2계급 특진이 아니라 첫사랑과 함께 있을 수 있는 시간이다.

"가능할까요?"

교복을 입은 채, 손에는 영어 단어장을 쥐고서 물었다.

창문 밖으론 지구에서 아주 멀리 떨어져 있는 은하가 펼쳐져 있었고, 내 휴가를 좌지우지할 수 있는 높으신 분들의 모습은 보이지도 않았다.

나는 이백 살도 넘은 영혼을 열아홉 살의 육체에 담고선 가만히 기다렸다.

잠자코 뭔가를 생각하는 것 같던 목소리가 다시 방을 울렸.

"그렇다면 이 제안은 어떤가요?"

*

"네 방은 여기야. 기억하지? 우리 개학 날 학년 바뀌면 그때 기숙사 방 바꾸기로 하고 뽑기로 미리 정했던 거. 다른 애들은 이미 옮겼는데 미래 네가 그동안 없어서. 바뀐 방은 처음이지?"

그렇게 말한 건 같은 3학년인 이민주였다. 싹싹하고 사교성이 좋아서 아이들에게 두루두루 인기인 민주는 기숙사장 역할도 맡았다.

물론 이건 내 기억이 아니다. 이곳에서 살던 내 육체의 기억이다. 나는 육체의 기억 속에서 기숙사 방 뽑기를 했던 것도 떠올렸다. 그때 뽑은 번호가 지금 내 앞에 있는 문 위에 걸려 있었다.

"기억하지. 고마워."

"짐은 이게 전부?"

"응."

"아픈 건 좀 괜찮아? 수험 시작 첫날부터 완전 액땜했잖아."

내가 명령을 이행하기 위해 지구에 내려온 건 1학기가 막 시작한 3월 2일이었다. 물론 명령은 그날을 끝으로 모두 마칠 수 있었지만, 꼬박 3일을 따로 붙잡혀 있어야 했다. 아무래도 지구가 인큐베이터가 되어 버린 후 육체와 영혼이 합일한 채 지구에 머무는 사람이 내가 처음이기 때문인 듯했다. 내가 앞으로 지구에 머물기 위한 각종 서류 작업도 필요했고.

그동안 다른 학생들에게는 내가 아픈 것으로 되어 있었던 모양이다.

"괜찮아. 내일부터는 수업도 다 들을 수 있어."

"좋네. 그, 혹시……."

민주가 뭔가 물어보려고 했지만 영 달갑지 않았다. 나는 지구에 내려온 후 계속 신경이 곤두서 있었다. 이제 지구에 머무는 게 확정됐으니 오늘만큼은 아무것도 더 하지 않고 푹 자고 싶었다. 그런 내 생각을 읽었는지 민주는 말을 이으려다 입을 다물었다.

"피곤하겠네. 그럼 내일 보자."

"고마워, 민주야."

그 말을 마지막으로 나는 문을 닫았다.

그제야 정적이 밀려들었다. 커다랗게 숨을 내쉬었다. 책상 위에 들고 온 짐들을 놓았다.

필기가 그대로 남아 있는 책과 노트 들, 비슷한 색깔의 세면용품들, 몇 벌의 옷 그리고 작은 사진첩이 보였다.

물론 안다. 그 안에 어떤 사진이 들어 있는지. 눈을 감고도 설명할 수 있다. 그러나 그걸 '내'가 직접 보는 건 또 다른 종류의 일이었다.

1학년부터 2학년 말까지 친했던 친구들과 함께한 모습이 담긴 사진에는 때에 따라 사람이 추가되거나 바뀌곤 했다. 나는 사진 속 내 얼굴을 가만히 보았다.

익숙한 동시에 지독하게 낯선 얼굴이었다.

이번 몸은 내 네 번째 육체다. 영혼과 육체에 대해 설명하려면 지구와 지구인의 역사를 짧게 이야기해야만 한다.

유인 우주선이 발사된 지 약 백 년이 지난 후, 지구인은 외계 지적 생명체와 조우했다. 다행히 오래된 공상 과학 영화처럼 서로 죽이려고 들지는 않았다. 서로 모든 걸 걸고 싸우기에는 수지 타산이 맞지 않았다는 말이 더 맞겠다.

어쨌든 그렇게 우주가 연결되고, 다른 행성의 종족들이 교류를 나누는 시기가 도래했다.

지구인들에게도 몇 가지 변화가 생겼다. 우주 평균 수명에 비해 짧은 축에 속하는 지구인의 핸디캡을 극복하고자 노력한 것이다. 그 덕분에 지구인들은 새로운 육체에 영혼을 옮기는 방식으로 계속해서 수명을 늘릴 수 있었다.

육체에도 유행이 있었다. 처음에는 냉동 인간처럼 생긴 육체를 사용했다가 그다음엔 부피가 작아서 우주선에 실어도 괜찮은 보석형 육체, 속칭 '셀레스티얼 보디'가 유행했다.

하지만 셀레스티얼 보디에는 문제가 있었다. 육체와 영혼이 생각보다 더 많이 연결되어 있다는 점 때문이었다.

당연한 소리인가? 그러나 그 사실이 중요하게 된 것은 몸과 영혼이 분리된 후의 일이다. 그거야말로 당연했다. 그동안 인간의 몸과 영혼은 탄생부터 죽음까지 함께할 수밖에 없었기에, 둘의 연결 고리에 대해서는 생각해 볼 필요가 없었던 것이다.

셀레스티얼 보디를 사용하고 몇십 년이 지나자 지구인들의 영혼이 변하기 시작했다. 육체에 영향을 받은 지구인의 영혼은 어딘가 모르게 굳어 가기 시작했다.

몇 개의 연구가 발표됐고, 지구인들은 인간의 영혼이 가장 인간다울 수 있으면서 효율적으로 활동할 수도 있는 육체는 본래의 몸이라는 걸 알아냈다. 그래서 결국 다시 인간형 육체로 돌아갔다.

하지만 인간형 육체는 우주 시대에 적합하지 않았다. 아무리 냉동을 시킨다고 해도 유지하는 데 돈과 공간이 많이 필요했으니까. 많은 실험과 실패를 거쳐, 지구인들은 오래됐지만 새로운 방법을 채택했다.

육체는 지구에, 영혼은 우주에.

이것이 새로운 육체가 나왔을 때의 슬로건이었다.

인간형 육체를 우주선에 싣고 다니는 건 돈이 많이 필요했다. 그러나 육체를 지구에 둔다면 돈 한 푼 들이지 않고 모든 걸 해결할 수 있었다. 지구엔 육체를 보관할 수 있는 적절한 기압과 산소가 있는 완벽한 환경이 갖춰져 있으니까.

그렇게 지구는 가냘픈 지구인들의 육체를 가장 잘 보관해 줄 장소로 낙점되었다. 더불어 지구인들은 밀코메다은하군의 불가침 보존 행성에 지구의 이름을 올렸다. 보존 행성이 되면 더는 지구를 개발할 수 없지만 대신 밀코메다은하군의 보호를 받을 수 있었다. 그 말인즉, 누군가가 지구나 지구인의 육체를 공격하려 한다면 은하군을 적으로 돌리는 행위가 된다는 이야기였다.

그러니까 이제 지구는 고요하고 오래된 온실이나 다름없다. 보존 행성답게 이곳의 생활상은 몇백 년도 더 전의 시스템을 그대로 따르고 있다. 앞으로도 마찬가지일 것이다.

그건 변할 것이 없다는 말과도 같다. 보존 행성이란 건 그런 의미니까. 게다가 이곳에는 뭔가를 변화시킬 사람도 없다.

나는 사진 속 친구들을 보았다. 환하게 웃는 그들의 얼굴이 반짝였다.

"윤아, 희원이, 은채……."

전부 착하고 좋은 아이들이다.

"그리고 가짜지."

지금 이곳에 있는 모든 사람은 가짜다.

그런 생각을 하니 기분이 이상해져서 얼른 사진첩을 닫았다. 짐을 그대로 놓아둔 채 창문을 열었다.

차가운 바람이 불어왔다. 어두운 밤하늘 위로 별들이 총총 떠 있었다.

진짜 영혼들은 지금 빛나는 저 별보다 더 멀고 먼 우주로 떠나 각종 일을 처리하고 있을 것이다. 그들은 변방의 고향 따위에는 관심도 없다. 나 역시 해결해야 할 일이 아니었다면 지구에 올 생각을 하지 않았을 테니, 피차 마찬가지다.

지구인들은 바빴다. 육체를 하나하나 신경 써 줄 시간 따위는 없었다. 그래서 보존 행성이 된 지구에 꽉 닫힌 환경을 만들고 그 안에 육체들을 풀어놓았다. 그전에 있었던 일들을 반면교사 삼아, 육체들을 자연스럽게 키우기로 결정한 것이다.

그러니 내 친구들은 전부 육체와 인간답게 짜인 프로그램의 합작품이다. 모두 진짜가 아니다. 그저 인간처럼 살아가는 육체들일 뿐이다.

"뭐, 휴가 목적으로는 이보다 더 확실할 수 없지."

창문을 닫고 침대에 드러누웠다.

전부 가짜이니 사소한 건 신경 쓰지 않고 내 멋대로 굴어도 된다. 수직적 군대 편제 콜로니인 목요일에서는 상상할 수도 없는 일이다. 물론 나도 예의라는 게 있는 사람이니, 제멋대로 군다고 해도 수업 땡땡이나 좀 치는 수준에 그칠 거였다.

고개를 돌리자 책상 위에 아무렇게나 놔둔 접이식 거울에 내 얼굴이 비쳤다.

큰 특징이 있는 얼굴은 아니다. 나는 예전부터 눈에 띄는 걸 별로 좋아하지 않았다. 그래서 새로운 육체를 만들 때도 생김새에 많은 공을 들이지 않았다. 이 몸도 마찬가지였다.

선택 사항이 생각보다 많았던 기억이 난다. 성별, 태어날 지역, 원하는 외형과 기본적인 성격 등등. 살아 있는 건 역시 보석보다 고르기 어렵구나, 라는 생각을 했다. 마지막에는 귀찮아져서 몇 가지는 그냥 랜덤으로 돌리기도 했다. 어차피 육체는 육체. 영혼과 직접 합일할 일도 없을 거라고 여겼다.

랜덤의 결과물이 지금 눈앞에 있다. 특징은 없지만, 굳이 따지면 전체적으로 단정한 생김새다. 평생 특이한 일이라고는 모르고 건실하게 살 것 같은 얼굴. 나와 비슷한 구석이 있기도 했고 아니기도 했다.

어쨌든 앞으로는 이 육체로 살아가야 한다. 지구에 남아 있기로 결정한 이상은 그렇다.

"그렇다면 이 제안은 어떤가요?"

휴가 계획서를 받은 윗분들은 다른 제안을 했다. 내가 올린 계획서대로 지구에 기한 없이 머물게 해 주는 대신, 휴가가 아니라 장기 프로젝트 담당자가 되는 건 어떻겠냐는 것이었다.

나로선 나쁠 게 없었다. 지구에 남아 있을 수 있는 프로젝트에 이름을 올린다면 커리어에 공백 기간도 생기지 않으니 오히려 좋았다.

"장미래 연구원이 지구에서 맡아 줄 것은 간단해요. 우리는 당신이 한영을 계속해서 지켜 주길 바라요."

안 할 이유가 없었다. 내가 지구에 남아 있으려는 이유가 바로 한영 때문이니까.

"좋습니다."

내 대답은 바로 음성 인식 되어 계약서에 서명으로 남았다.

나머지 절차는 일사천리로 진행되었다. 내가 지구에 남을 수 있도록 위쪽에서 빠르게 처리해 주었고, 서류 절차도 단 하루 만에 전부 완료되었다. 내가 처리했으면 적어도 일주일은 걸릴 일들이었다.

위쪽 입장에서는 내가 딱 알맞았을 것이다. 지구에 살고 있는 열아홉 살 한영을 가장 경제적인 방법으로 지킬 수 있는 건 지구에 내려와 있는 내가 옆에 있는 것일 테니.

게다가 내겐 한영을 지킬 이유가 있다. 프로젝트를 맡지 않았어도, 나는 기꺼이 그랬을 것이다.

그래서 지금 나는 여기에 있다. 육체와 영혼이 합일한 유일한 지구인으로 이곳에 남아 있기를 택했다.

앞으로 무슨 일이 일어날까. 아니, 지겨울 만큼 아무 일도 일어나지 않을 가능성이 훨씬 높다. 이곳은 보존 행성이고 나와 한영을 제외한 다른 이들은 전부 가짜니까.

눈이 천천히 감겼다. 그동안 쌓여 있던 피로감이 한꺼번에 몰려왔다. 까무룩 잠이 들기 전, 질문 하나가 떠올랐다.

"그런데 대체 무엇으로부터 한영을 지키라는 거지……?"

이 지구에 한영을 위협할 만한 게 있나?

지구에선 앞으로도 계속 지루한 평화가 이어질 예정이다. 그것밖에는 없다.

내가 맡은 업무에 대해 좀 더 생각해 보려고 했지만, 그보다 무거운 잠이 먼저 몰려왔다.

뭐가 됐든 내가 영을 지키면 되는 것 아닌가.

"……그래, 그거면 됐지."

그 말을 마지막으로 나는 꿈도 없는 깊은 잠에 빠졌다.

*

여기 세종고등학교는 기묘한 곳에 위치해 있다. 주변 2킬로미터 내외에 아무것도 없이 혼자 똑 떨어져 있다. 학교와 기숙사, 부속 건물 들이 작은 도시를 이루고 학교 외곽으로 나가면 곧바로 끝없는 들판만이 펼쳐져 있다. 그래서 꼭 이 세상에서 여기에만 사람이 사는 것처럼 느껴지곤 했다. 물론 이건 그동안 이곳에서 살아온 육체의 느낌이었고, 나도 거기에 동의했다.

군데군데 눈이 녹아 있는 들판엔 메마른 풀들의 잔해가 보였다. 지금이야 이렇게 살풍경해 보이지만, 태양이 떠오르는 시간이 길어지면 저 아래 숨어 있는 씨앗들이 일제히 눈을 틔울 거다. 닿으면 펑 하고 터지는 지뢰처럼. 그건 막을 수 없는 흐름이다.

지뢰. 사실 이곳은 진짜 지뢰가 많은 곳이었다.

몇백 년 전에 여기는 중립 지대, 더 잘 알려진 말로는 'DMZ'라고 불렸다. 오래전, 각자의 이념과 상황으로 나뉜 나라는 경계선을 따라 양쪽으로 2킬로미터씩 완충 지역을 만들어 서로를 감시했다. 중립 지대에서는 군사 활동이 금지되었고, 사람과 물자의 흐름도 막혔다.

물론 영원했던 건 아니다. 통일이 이루어지면서 이곳도 중립 지대에서 벗어났다. 하지만 여기에 뭔가를 세우는 건 많은 사람의 동의가 필요했다. 끊임없는 논의 끝에 결국 세워진 건 학교였다. 다음 세대를 위한 기관만큼 평화롭고 상징적인 건 없으니까. 그래서 아무것도 없는 이곳에 세종고등학교가 들어왔다. 세종고는 곧 평화의 상징이었다.

"중립 지대라……."

중립 지대라는 것 자체가 각자 다른 두 개의 세력이 양 끝단에 존재해야만 유지되는 공간이다. 나뉘어 있던 모든 게 하나로 섞일 때, 중립이라는 것도 사라졌다.

그럼 지금의 지구는 어떤 거대한 세력 사이의 중립 지대일까.

뭐든 그냥 정해지는 건 없다. 지구를 보존 행성으로 신청한 건 지구인들이지만, 허가해 준 건 밀코메다은하 정부다. 거기엔 분명히 어떤 뜻이 있을 것이다. 지구인들이 아직 모르는 것뿐이다.

"안녕, 미래야."

목소리.

그 목소리를 듣는 순간 머릿속에서 다른 단어가 전부 사라졌다. 고개를 돌리자 한영이 서 있었다.

내가 지구에 남아 있기로 결정한 단 하나의 이유.

여기에 중립이라는 건 없다. 내 세계는 한영을 중심으로 돈다.

영의 새카만 눈동자에 내 모습이 비쳤다. 내가 서 있는 곳은 며칠 전 영을 만나 첫 번째 명령을 수행했을 때와 같은 장소다. 3학년 별관으로 향하는 길에 있는 야트막한 동산의 한가운데. 그때는 비가 내렸지만 오늘은 맑다.

한영의 눈동자도 마찬가지다. 영의 눈동자는 투명하고 동시에 한없이 깊다. 너무나 투명해서 깊이를 알 수 없는 바다이다. 아주 예전에 저 애가 보여 주었던 고향의 별처럼.

"남아 있기로 한 거야?"

짧은 단발머리, 무슨 생각을 하는 건지 알 수 없는 하얀 얼굴. 영의 목 끝에서 푸른 교복 칼라가 파도처럼 펄럭였다.

"……응, 그렇게 됐어."

나는 영이 어떤 반응을 보일지 며칠 내내 궁금했다.

우리는 콜로니가 은방울자리은하단을 지나는 내내 함께 있었다. 짧은 시간은 아니었다고 생각한다. 그 시간 동안 나와 영은 파도와 같은 사랑을 했다.

어쩌면 그게 문제였을까. 조금 더 단단한 사랑을 했어야 했나. 바위 같은 사랑이나 다이아몬드 같은 사랑을 했으면 더 오래 갔을까.

이런 가정은 전부 의미가 없다는 걸 나도 잘 알고 있다. 만조의 파도가 밀려와 마음을 적시면, 그 모든 게 사라지는 간조의 시간도 당연히 온다.

영과 헤어졌을 때의 일은 잘 기억이 나지 않는다. 그 후로도 두 번 더 육체를 바꿨으니 그럴 만도 하다. 이상하게도 기억은 육체를 바꿀 때마다 희미해졌다. 마치 전생처럼. 그러니 전전생이라면 아무리 불같았던 사랑이라도 잊어버릴 만했다.

하지만 잊어버린다는 건 언제든 다시 시작할 수도 있다는 말이다. 싫었던 것도 잊었다는 뜻이니까.

"그렇구나. 그렇게 됐구나."

돌아온 건 그 말뿐이었다.

나는 잠깐 눈썹을 치켜들고 영을 보았다. 그러나 영은 눈을 내리깔고 뭔가를 생각하는 모습으로 여상히 대답했을 뿐이었다. 다른 말이 나올 거라고 생각하고 조금 더 기다렸지만, 이어지는 말은 없었다.

"그게 전부야?"

내 물음에 영이 고개를 들었다. 뭐가 더 필요하냐는 얼굴이었다.

……역시 모르겠다. 내가 한영을 이해할 수 있는 날은 여전히 오지 않을 것만 같다.

"됐다."

적어도 다시 봐서 기쁘다는 말 정도는 들을 수 있을 줄 알았다. 나는 그랬으니까.

헤어지긴 했지만 우리는 은하단 하나만큼의 사랑을 했다. 그리고 또 이렇게 운명처럼 만났다. 그런데 그 모든 것에 의미 부여를 하는 건 나뿐인 듯싶었다.

"교실이나 가자."

고개를 저으며 계단을 오르려고 했지만, 이어 들리는 영의 목소리에 다시 우뚝 서야만 했다.

"내 이름 말이야."

"이름?"

"응, 내 이름. 지구에서 내가 정한 이름은 '한영'이야."

갑작스러운 이야기에 뭐라고 대답해야 할지 몰랐다. 이제 와서 새로 자기소개를 하자는 건지, 아니면 다른 뜻이 있는 건지 알 수 없었다.

"……알고 있어."

"아, 그랬구나."

그것까지는 몰랐다는 듯 눈을 깜박이던 영이 말을 이었다.

"이 이름, 네가 했던 말에서 따온 거야."

"내가 했던 말?"

"네가 그랬잖아. 내 이름의 뜻이 지구식으로 말하면 해수면, 고도 '영' 미터라고."

그래, 그랬다.

영의 원래 이름은 지구인의 성대로는 제대로 발음할 수 없을 만큼 어렵고 길다. 영이 살던 행성에서 그의 이름은 '바다 거품이 이는 잔잔하고 가장 높은 아름다운 곳'이라는 뜻이었다.

해수면이 가장 높은 곳이 될 수 있었던 이유는 영의 고향 행성이 바다로 가득 찬 곳이었기 때문이다. 깊은 바다와 얕은 바다로만 이루어진 그 행성에서 가장 높은 곳은 필연적으로 해수면이 될 수밖에 없었다.

그래서 언젠가 지나가는 소리로 네 별에서 가장 높은 곳이 지구에서는 해수면이라고 불리고, 동시에 고도 0미터를 의미한다고 말한 적이 있었다.

"그걸 기억하고 있었어?"

영이 작게 웃었다.

"당연히 기억하지."

전전생에 내가 했던 말을 기억하고 있다는 말은, 나를 줄곧 생각했다는 것처럼 들렸다. 나만큼은 아니더라도 영 역시 나를 어느 정도 떠올렸다는 것만으로도 마음이 금방 풀렸다. 이것도 열아홉 육체의 영향일까.

나는 미소가 바보처럼 새어 나오지 않게 입술을 꽉 깨물고는 고개를 끄덕였다.

"다행이네. 덕분에 이름도 새로 잘 짓고 말이야."

"그렇지. 그래서 위에서는 뭐래? 언제까지 지구에 있을 예정이야?"

나는 영과 같은 교복을 입고 같은 길을 걸으며 위에서 내려온 프로젝트에 대해 짧게 설명했다. 동시에 지금 이 순간이 제일 비현실적이라는 생각이 들었다.

아무것도 변하지 않은 지구, 우주에서 내려온 나와 영. 두 개의 세계가 섞여 버린 셈이다. 불어온 바람에 묘한 봄 냄새가 담겨 있었다. 어디로 흘러갈지 모르는 마음들도 함께였다.

그때, 누군가가 나를 바라보고 있는 듯한 기분이 들어 고개를 들어 올렸다.

하지만 별관 창문엔 아무도 없었다. 그저 반쯤 열린 창문 뒤로 커튼이 펄럭일 뿐이었다.

*

학교에 적응하는 일은 어렵지 않았다. 사실 적응이라고 할 것도 없었다. 이곳에 살기 위해 필요한 모든 것은 이미 체화되어 있었다. 몸에 배어서 이미 내 것이 된 말투와 습관과 행동을 적재적소에 사용하는 건 식은 죽 먹기다.

게다가 수능을 앞둔 수험생들의 하루는 빽빽한 동시에 아주 단조롭다. 초봄의 해가 뜨기 전에 일어나서 등교 준비를 하고, 수업 시작 전 자투리 시간을 이용해 자율 학습 시간을 보낸다. 꽉 짜인 시간표를 하나씩 처리하다 보면 어느새 지구가 한 바퀴 돌아 저녁이 온다. 저녁을 먹고 나면 말로는 자유 시간이지만, 아이들 대부분은 기숙사 자습실에 모여 공부를 한다. 아주 얌전하게도.

이건 지구에 있는 육체들의 보편적인 성격이다.

지구에 육체들만 두기로 결정했을 때, 지구인들 사이에서 가장 중요시된 것은 안전 문제였다. 거의 모든 지구인은 지구와 멀리 떨어진 곳에 있었기에 지구에 무슨 일이 생겨도 즉각적인 개입이 힘들었다. 물론 보존 행성이기에 정말로 큰일이 일어나면 밀코메다은하군이 처리해 줄 수 있었지만, 그들에게 모든 걸 맡길 수는 없었다.

가장 좋은 건 그런 일이 아예 일어나지 않게 예방하는 것이었다. 그래서 혹시 모를 사태에 대비해 지구에 있는 모든 육체의 성격에 온순함을 추가했다. 만약 육체들끼리 3차 세계 대전 같은 걸 일으킨다면 전부 머리 아파질 게 분명했으므로.

덕분에 나는 지구에 내려온 지 며칠 되지 않아 완벽하게 이곳에 녹아들 수 있었다. '나'는 지금껏 이곳에서 장미래로 살아온 육체의 성격과 달랐지만, 친구들은 누구 하나 그것에 대해 이야기를 꺼내지 않았다. 상냥하고 착하니까.

그런데 위에서는 왜 그런 명령을 내렸을까……. 여전히 작은 의문이 들었다.

지구에서의 생활은 고요하고 지루하다.

사각사각.

종이 위를 지나치는 연필심 소리가 교실을 메웠다. 이곳에서는 아직도 종이에 문제를 푼다. 아마 다른 네트워크와의 연결을 피하기 위한 의도일 것이다. 물론 컴퓨터나 개인 단말기 정도는 있지만, 그 역시 지구 내부에서 사용하는 닫힌 네트워크에만 접속할 수 있다.

지구 밖의 상황은 이곳에 있는 육체들에게 허락된 것이 아니다. 별들은 몇천 년 동안 그랬던 것처럼 그저 밤하늘에서 빛나는 반짝거림으로만 남아 있어야 하고, 영혼은 육체가 죽음을 맞이할 때 함께 죽음을 맞이해야 한다. 수많은 종족이 우주를 누비고 어디선가는 은하와 콜로니가 종말을 맞지만, 그런 건 지구에서는 아무런 의미도 없는 일들이다.

'아무런 의미도 없는……'

나는 책상 위의 빈 종이를 내버려둔 채 대각선 앞자리에 앉아 있는 영의 뒷모습을 보았다. 책상 앞에 앉아서 열심히 문제를 푸는 아이들에게 멀고 먼 별의 종말 같은 건 아무런 의미가 없듯이, 이곳에서 문제를 푸는 건 나와 영에게 아무런 의미가 없다.

그래야만 하는데, 영은 정말 최선을 다했다. 아침에 일찍 일어났고 모든 수업에 빠지지 않았으며, 심지어는 진로 상담 같은 것도 받았다. 진로 상담을 받으러 간다고 말하는 영에게 이상한 표정을 짓지 않기 위해 꽤 노력했다. 하지만 영은 이미 내가 무슨 말을 하고 싶은지 알아챈 모양이었다. 나를 보며 잠깐 어깨를 으쓱거렸으니까.

한영은 '이야기'를 가지고 태어난 존재다. 콜로니에서 가장 친했던 베가의 말에 따르면, 아주 가끔 그런 존재가 나타난다고 한다. 왜 나타나는지는 밝혀지지 않았지만 누군가는 신의 뜻이라고 했고, 숙명이라고도 했고, 예지라고도 했다.

뭐라고 불리건, 중요한 건 한영이 그런 존재라는 거다.

게다가 영이 가지고 있는 건 다른 이들처럼 한 단어나 한 문장 정도가 아니다. 영은 아주 길고 무거운 이야기를 가지고 있다. 그걸 우리는 '판결 주문'이라고 부른다. 내가 처음 받은 명령 역시 영의 몸 안에 새겨진 판결 주문을 가지고 오라는 거였을 만큼, 그 이야기는 중요하다.

우주의 모든 것은 변한다. 그러나 영에게 새겨져 있는 이야기는 변하지 않는다. 일어난 일들 그리고 앞으로 일어날 일들이 영에게 담겨 있다. 결국 판결 주문은 예언이나 다름없다. 모든 것이 변하는 우주에서 변하지 않는 이야기는 엄청난 의미를 가진다.

하지만 아무리 판결 주문을 가지고 있는 존재라고 해도 이곳에서 영을 노릴 사람은 없어 보였다. 애초에 그런 걸 아는 육체가 있을 리도 없고. 영을 지키라고는 했지만, 그건 역시 나에게 휴가를 주려는 적당한 핑계인 듯했다.

생각에 생각이 꼬리를 물었다. 길게 기지개를 켜며 자리에서 일어났다. 어차피 문제를 풀 생각은 없으니 물이라도 마시고 올 참이었다.

조용히 교실 문을 열고 복도로 나섰다. 하지만 채 몇 걸음 걷지 않았을 때, 나는 뭔가 이상하다는 걸 눈치챘다. 순간 내 몸이 공중으로 떠올랐다.

"으악!"

짧게 비명을 내질렀지만 금방 안정적인 자세를 잡았다. 처음 지구를 떠나 우주 정거장에서 살 때 배운 기술은 여전히 쓸모가 있었다.

얼른 복도 창문을 쳐다보았다. 창문 뒤로 펼쳐진 건 검은 밤하늘. 아니, 그보다 더 넓고 더 깊은 우주였다. 그 너머로 별과 먼짓덩어리와 은하와 혜성이 지나쳐 갔다. 기숙사 복도는 어느새 우주선의 선교(船橋)로 변해 있었다.

"헤이, 미래!"

낯익은 목소리가 들렸다. 그리고 복도 저쪽 편에서 불꽃처럼 일렁이는 두 개의 눈동자가 나타났다.

"베가?!"

어둠 속에서 모습을 드러낸 건 나와 함께 콜로니 목요일에 있던 동료 베가였다. 낯익은 얼굴을 본 순간, 마음속 불안감이 싹 녹아내렸다.

"베가! 네가 어떻게 여기에 와 있는 거야!?"

커다랗게 소리치며 베가 쪽으로 흘러가 베가를 덥석 안았다. 베가의 차가운 외피가 손끝에 느껴졌다. 꽤 색다른 느낌이었다. 물론 그전에도 베가를 만져 본 적은 당연히 있지만, 이렇게 육체를 통해 직접적으로 닿는 감각은 처음이었다.

"지구인은 꽤 뜨겁네, 역시."

베가의 말에 나는 어이없다는 듯 웃었다.

"지금 그게 우리 첫인사로 알맞은 거야?"

"네 육체와 '합일'한 건 처음 보니까 그 감상으로는 알맞지 않을까?"

"그렇다고 치자. 그런데 대체 어떻게 한 거야? 진짜 지구에 내려온 건 아닐 테고."

내 물음에 베가가 어깨를 으쓱였다. 긴 팔이 매끄럽게 움직이는 모습을 보니 정말로 반가웠다. 베가를 비롯한 거문고자리인의 움직임은 지구인과는 다른 무언가가 있다.

"사실 이건 꿈이야. 정확히 말하면 미래, 너의 꿈."

"뭐라고?"

"보호 행성에 있는 너를 불러낼 수 있는 방법이 그리 많지는 않더라고. 그래서 얕은수를 썼지. 꿈은 영혼과 바로 연결되어 있는 통로잖아."

그 말에 비로소 고개를 끄덕였다. 꿈이라면 이렇게 만나는 게 가능하다. 복도에서 몸이 떠오르는 이상한 일도 설명이 되고. 그제야 한시름 놓았다.

"……똑똑하네."

"내가 잔머리는 좋잖아."

나는 꿈속의 베가를 한 번 훑어보았다.

"넌 꿈속에서도 똑같네."

"음, 정확히 말하면 지금의 나는 네 기억 속에 있는 나를 재구성한 거니까, 어쩌면 진짜 나보다 네가 생각하는 나에 더 가까울 수 있지."

이번에는 내가 어깨를 으쓱일 차례였다.

"어렵네."

"하지만 지금부터 내가 할 말에 비하면 이건 어려운 것도 아닐 거야."

"제발."

울상을 짓는 날 보고 베가가 킥킥 웃었다.

"미래, 그런 표정도 지을 줄 알았어? 지구에 가더니 좀 바뀌었네."

"그렇지 않아도 신경 쓸 일이 너무 많아. 더 이상의 짐은 사양이야."

"내가 말했잖아. 판결 주문을 가지고 있는 존재와 같이 있는 건 쉬운 일이 아니라고. 무거운 질량을 가진 별 옆에만 가도 시공간이 휘어지는데, 그런 존재가 곁에 있으면 어떤 식으로든 영향을 받지."

"그것만이 문제가 아니야. 어쩌면 지구에 '동화'되어 가는 것 같기도 해."

"벌써? 그럼 지금이라도 다시 우주로 와야 하는 거 아니야?"

"하지만 그랬다간……."

"영영 못 볼 것 같아서 그렇지? 이번에 떠나면 그 애를 앞으로 영원히 못 볼까 봐."

그렇다. 지금 여기서, 적어도 내가 먼저 영을 저버릴 수는 없었다. 이건 내가 선택한 길이다. 그러니까 갈 수 있을 때까지는 가 봐야 했다.

"예전에 헤어졌을 때는 걔가 떠나라고 하지 않았나?"

"내가 너한테 그것까지 말했어?"

베가가 커다랗게 입을 벌리고 웃었다. 어쩔 수 없이 따라 웃을 수밖에 없는, 그래서 내가 좋아하는 시원한 미소였다.

"나는 지금 네 꿈속의 베가잖아. 모를 리가 없지."

"맞아, 그러네."

"그런데 난 말이지……. 그 애가 굳이 지구를 선택한 데 이유가 있을 거라고 생각하거든."

"이유?"

"생각해 봐. 지구에는 너 말고 다른 영혼이 없잖아. 자신이 영향력을 미칠 수 있는 개체가 지극히 적은 곳이지."

"무슨 말이야?"

베가가 창밖에 펼쳐진 검은 우주를 바라보며 말했다.

"글쎄, 두 가지 이유가 있을 수 있겠지. 첫 번째는 다른 존재들에게 영향력을 미치고 싶지 않다는 공익적인 이유."

"다른 하나는?"

"완전히 사적인 이유지. 자신의 영향력을 오로지 미래, 너에게만 행사하고 싶다는 거."

"……둘 중 뭐가 더 나은지 모르겠는데."

"어쨌든 이 모든 건 결국 리라의 흐름이 인도한 걸 테지."

"정말 간만에 들어 보는 말이네, 그거."

베가의 입버릇인 "리라의 흐름이 인도한 것"이라는 말은 거문고자리인의 속담으로, '거스를 수 없는 운명'이라는 뜻을 가지고 있다.

수많은 생명체가 우주를 항해하고, 점프하고, 날아다니는데도 아직 운명이란 것은 있고, 여전히 사람들은 그것을 믿는다. 많은 것이 해체되거나 과학적인 설명 아래 놓였는데도 아직 미지의 것이 남아 있다는 사실 자체가 운명을 더욱 강화시키는 게 아닌가 싶었다.

"리라의 흐름이라. 그러게. 그 흐름이 나를 어디까지 데려다줄 건지 궁금해지네."

베가가 어깨를 으쓱였다.

"그래서 무슨 일로 꿈까지 찾아온 거야?"

베가의 일렁이는 눈동자가 나를 바라보았다. 베가가 이렇게 직접 내려온 걸 보면 확실히 무슨 일이 생기긴 한 모양이었다. 베가는 살짝 몸을 기울이곤 작은 목소리로 속삭였다. 이곳은 나의 꿈이니 이야기를 엿들을 사람이 아무도 없는데도 그랬다.

"나, 곧 죽으러 가."

그렇게 말하는 베가의 목소리엔 묘한 흥분이 깃들어 있었다.

나는 놀란 목소리로 되물었다.

"진짜로?"

"응, 이번에 결정됐어, 드디어! 내가 얼마나 장례식을 기다려 왔는지 알지?"

"당연하지! 그동안 종종 말했잖아. 생각보다 더 빠르네?"

"응, 고향 별자리의 움직임 때문에. 저번에 고향 근처에 생긴 대형 폭발로 방향이 조금 바뀌었거든. 그래서 지금이 아니면 안 돼."

"준비할 게 많겠네?"

"응, 간만에 다른 형제자매들도 만나고, 정리해야 할 것이 너무 많아."

"좋아 보이네, 진짜로."

"티가 나?"

베가가 커다랗게 웃었다. 언제 봐도 시원한 미소다.

"거문고자리인들은 죽음을 위해 살잖아. 아주 오랫동안 기다려 온 일인데 당연히 좋은 티가 나야지."

은하계의 모든 문화 예술을 담아 둔 책인 『은하 문화 예술 총서』에는 베가가 속한 거문고자리인의 장례 이야기가 꽤 길게 실려 있다. 거기에 어떤 삽화가 그려져 있는지도 기억났다. 새카만 우주를 바탕으로 수많은 별을 가로질러 걸어가는 거문고자리인들의 모습이 흑백으로 담겨 있었다.

거문고자리인의 장례는 밀코메다은하 안에서도 인정받는 문화로, 아주 큰 행사다. 그도 그럴 것이 거문고자리인은 한 세대가 동시에 태어나서 동시에 죽는다. 그들은 아주 오래 살고, 그래서 죽음을 준비할 시간이 아주 많다.

거문고자리인에게 죽음은 그들이 선택할 수 있는 가장 위대한 것이다. 삶의 정반대에 붙어 있으면서도 삶과는 다르게 오로지 단 한 번만 선택할 수 있기 때문이다.

그렇기에 거문고자리인들은 죽음에 진심이다. 세대의 모든 형제자매가 모여 자신들의 장례 날짜를 잡고, 죽을 날에 맞춰 고향인 거문고자리로 돌아가는 동안 성대한 장례식을 연다. 살아 있을 때 하는 마지막 인사로서 말이다.

장례식은 적어도 석 달은 걸리는데, 그들에게 특별히 의미가 있는 곳에 전부 찾아가서 시간을 나누기 때문이다. 그래서 장례식 리스트에 어디가 포함되는지에 대한 우주적 관심도도 높다. 지구식으로 말하자면 올림픽이 열리는 느낌이라고 해야 할까.

거문고자리인들은 그들이 이번 생에 이룩한 것을 가는 길에 전부 나누어 준다. 부, 지식 같은 것을 아낌없이 베푼다. 그게 자신들이 할 수 있는 마지막 덕행이라고 생각해서다.

"천천히 장례 행렬을 진행할 거야. 미래, 네가 콜로니에 있다면 나와 함께 다닐 수 있을 텐데."

"하필이면 내가 지구에 있을 때네."

"다음 대(代)는 언제일지 몰라."

"이 모습으로 보는 건 그럼 이번이 마지막인 거야?"

"응, 다음 대 거문고자리인들이 태어난다면 잘 대해 줘."

베가의 말에 피식 웃었다.

"당연하지."

"지구에서의 네 삶도 늘 응원할게."

"또 봐. 지구인도 이제는 오래 사니까."

베가가 웃었다.

"리라의 흐름이 우리를 인도한다면 그럴 수 있을 거야."

*

눈은 이제 전부 녹았다. 몇몇 나무에선 벌써 새로운 잎사귀가 나오려고 했다. 다가올 여름이 어떨지 궁금했다. 가장 처음, 지구에 사는 지구인이었을 무렵의 나는 여름을 가장 좋아했다. 아직도 지구의 여름은 그대로일까.

교실에 들어서자 묘하게 들뜬 분위기가 전해졌다.

"정말? 오늘 온대?"

그렇게 묻는 누군가의 목소리가 쨍하게 교실을 울렸다.

"그렇다니까. 아까 교무실에서 봤어."

조용히 이야기하려고 노력하는 듯했지만 목소리 톤이 위로 통통 솟아오르는 건 어쩔 수 없었나 보다. 작게 환호성을 터뜨리는 소리까지 들렸다.

"이게 몇 달만이야? 겨울 방학 전에 호주로 전지훈련 갔으니까 거의 세 달 만이지 않아?"

"정말 그렇게 됐네. 그래도 수능은 볼 테니까 올해는 학교에 있겠지?"

"글쎄, 수능 안 봐도 그 정도 입상 기록이면 데려가려고 하는 학교가 수두룩하지 않을까?"

"역시 그렇겠지. 좋겠다."

"강당에서 메달 수여식 한다는데 보러 가자. 어때?"

전지훈련, 입상, 메달 수여식. 낯선 단어들이 내 귀를 간지럽혔다.

"무슨 일이야? 누가 온다는 건데?"

내 질문에 희원이 몰랐냐는 듯 대답했다.

"누구긴 누구야. 아니다, 그냥 가서 보는 게 낫겠다. 미래 너도 갈래?"

"좋아."

우린 자리에서 일어나 다 같이 강당으로 향했다.

복도로 나온 것뿐인데 기묘하게 상쾌한 느낌이 들었다. 아침 자습 정도 빠진다고 뭐라고 할 사람도 없건만, 어쩐지 살짝 불량한 짓을 하고 있는 기분이었다.

"들어가자."

어느새 강당 앞에 도착했다. 희원이 작게 웃으면서 문을 열자 1,

2학년으로 가득 찬 강당의 모습이 보였다. 3학년들은 수험생이라고 이런 행사에서 빼 주는 게 보통이었기에 다른 3학년들의 모습은 보이지 않았다. 교감 선생님의 학사 일정 설명이 막 끝난 모양이었다.

"앉을 자리는 없네. 대충 뒤에 서서 볼까?"

우리는 강당 벽에 등을 기댄 채 단상 위를 보았다. 열심히 누군가를 찾던 희원이 작게 소리쳤다.

"어, 저기 있다!"

나는 희원의 손가락이 가리킨 곳을 보았다.

"그리고 마지막으로 세계 주니어 수영 선수권 대회에서 우수한 성적을 거둔 한성제 학생, 나와 주세요."

거기엔 이제 막 단상으로 올라가는 키 큰 남자애가 있었다. 새카만 머리칼, 큰 키와 긴 팔다리 그리고 누가 봐도 잘생긴 얼굴. 짙은 눈썹 아래로는 날카로운 눈이 자리했다. 서늘하고 명료한 눈빛이다. 보는 것만으로도 베일 것 같다. 뚜렷한 턱선과 골격은 이국적이기까지 했다.

한성제.

나는 속으로 그 이름을 한 번 되뇌었다.

한성제가 천천히 걸음을 옮겼다. 그 애는 짧은 움직임에도 시선을 쏠리게 만드는 재주가 있었다. 강당에 모인 모든 사람이 그 애를 바라보았다. 쏟아지는 스포트라이트 불빛 아래 남자애의 새카만 머리가 빛났다.

"우리 세종고등학교의 이름을 알린 공로로 이 상장을 수여합니다. 세종고등학교 교장, 이소연."

사방에서 박수 소리가 났다. 한성제는 이런 상황에 아주 익숙해 보였다. 눈 하나 깜짝하지 않고 뒤로 돌아 가볍게 강당을 둘러보았다.

"더 잘생겨진 것 같네."

희원이 고개를 살래살래 저으며 말했다. 그 말에 옆에 있던 수아가 입을 열었다.

"아무래도 사탕들이 주인을 잘 찾아갈 것 같지? 딱 타이밍 좋게 돌아왔어."

"사탕?"

내 물음에 희원이 눈을 동그랗게 뜨며 말했다.

"미래 너, 공부만 하더니 이제 오늘이 무슨 날인지도 까먹은 거야? 화이트 데이잖아!"

그 말에 오늘 날짜를 떠올렸다. 3월 14일.

다달이 있는 수많은 기념일. 그중 화이트 데이는 나름대로 유명한 기념일이다. 2월에 초콜릿을 주는 밸런타인데이가 있다면 3월에는 그 답례라는 명목으로 사탕을 주는 날이 있는 것이다.

"밸런타인데이에는 성제가 한국에 없었으니까 준비할 필요도 없었는데, 3월에는 귀국한다는 이야기가 퍼져서 아마 준비한 애가 꽤 많을걸?"

희원의 말에 수아도 한마디 덧붙였다.

"게다가 우리도 이제 3학년이잖아. 마지막 한 해라는 거지. 대학에 진학하면 다들 뿔뿔이 흩어질 테니까 마지막으로 마음을 전하기 딱 좋잖아."

수아의 말에 희원이 고개를 작게 저었다.

"난 그거 무슨 생각인지 이해 안 돼. 어차피 안 받아 줄 게 뻔한데 마지막이라고 고백을 한다고?"

"수능 보기 전에 마음이라도 편하려고 그러는 거겠지. 차라리 차이면 접을 수라도 있잖아."

"그전에 깔끔히 시도하지 않는 게 낫겠다. 그동안 한성제가 누구 받아 주는 거 본 적 있어?"

"그래서 더 인기 많은 거 몰라? 모두에게 똑같이 구니까 전투력이 상승하는 거라고."

여전히 희원은 이해할 수 없다는 얼굴이었다.

"그게 인기 요소라니, 진짜 사람 마음은 알다가도 모르겠어."

"뭐, 희원이 너는 성제보단 연준이가 보고 싶어서 온 거니까."

그 말과 동시에 희원의 얼굴이 살짝 빨개졌다.

"그 이야기는 됐거든!"

수아가 알겠다는 듯 고개를 끄덕였다.

"어쨌거나 성제에게는 가장 중요한 인기 불변 요소가 있잖아."

"뭔데?"

"잘생김."

수아는 보라는 듯 턱짓으로 단상에서 막 내려가는 한성제를 가리켰다. 희원도 그것만큼은 부정할 수 없다는 듯 입을 다물었다.

한성제.

내 육체의 기억을 얼른 뒤졌다. 저 정도로 유명한 애라면 분명 육체의 기억 속에도 저 남자애와 관련된 것이 있을 것이다. 하지만 순간 얼굴이 굳어졌다.

'응?'

없다.

왜 없지?

십구 년 치의 기억 속에 한성제는 이름 하나, 얼굴 한 번 남아 있지 않았다. 눈썹이 찌푸려졌다. 이게 가능한 일일까? 세종고등학교는 이 근방에 있는 유일한 고등학교다. 아이들 대부분은 이곳에서 나고 자라 세종고까지 쭉 함께 다닌다. 그러니 저 남자애와 관련한 기억이 하나도 없다는 건 말도 안 됐다.

뭐지? 뭐야?

있을 수 없는 일에 당황스러운 기분이 퍼졌다. 하지만 아무리 뒤져도 없는 게 다시 생겨날 리도 없었다.

멍하니 기억을 뒤지는 사이 누군가가 내 앞에 섰다. 반사적으로 고개를 들었다. 동시에 사나운 눈동자가 화살처럼 꽉, 나를 향해 내리꽂혔다.

하마터면 손으로 눈을 가릴 뻔했다. 서늘한 시선에 등골을 따라 소름이 돋았다.

"왜……."

이런 불온한 눈동자는 육체를 만들 때 허가가 나지 않았을 텐데. 어떻게 이런 눈이 존재할 수 있을까.

나는 앞에 선 한성제의 눈을 보며 그런 생각을 했다.

나보다 머리 하나는 더 큰 한성제가 나를 가만히 내려다보았다. 그 눈빛엔 내가 읽어 낼 수 없는 너무나 많은 감정이 폭풍처럼 일어 대고 있었다. 그 애의 날카로운 눈초리, 새카만 머리칼, 굳게 다물린 입술, 꽉 쥐고 있는 주먹과 그러면서도 쿵쾅거리는 심장 박동 소리가 한꺼번에 나에게 몰려왔다.

마치 불길로 만든 파도 같았다. 뜨겁고, 동시에 차가웠다.

"너, 뭐야."

한성제의 입에서 흘러나온 말은 그것뿐이었다. 낮고 어딘지 모르게 위험한 느낌이 담겨 있는 목소리. 갑자기 뚝 떨어지는 절벽이나 깨진 유리 조각의 날카로운 끝을 볼 때의 느낌과 비슷했다.

정말 밑도 끝도 없는 이야기라서 나는 멍한 표정을 지을 수밖에 없었다.

"뭐라고?"

순간 한성제의 얼굴이 구겨졌다.

아니, 저 얼굴은 꼭.

"성제야, 무슨 일……."

옆에 있던 희원이 눈치를 보다가 끼어들었다. 하지만 희원의 말이 끝나기도 전에 한성제는 그대로 몸을 돌려 강당에서 나가 버렸다.

"뭐야?"

수아가 어이없다는 듯 물었다. 희원이 나를 보았다.

"미래야, 너 성제랑 무슨 일 있어?"

가만히 고개를 저을 수밖에 없었다. 나는 저 애를 모른다. 그러니까 무슨 일이 있는 건지도 모른다.

그리고…….

그리고 왜 한성제가 나를 울기 직전의 표정으로 바라보았는지도 모른다.

*

한성제.

저녁 자율 학습도 빠진 채 기숙사에 콕 박혀 그 이름을 찾았다. 학교 홈페이지에는 그 애의 이름과 사진이 자랑스럽게 걸려 있었다. 세종고 3학년, 알 만한 사람은 다 아는 전도유망한 수영 선수.

학교의 익명 페이지에는 그 이름이 더 많이 나와 있었다. 한성제의 공식 연습 시간을 묻는 글이나 경기 응원석 티켓을 얻으려면 어떻게 해야 하는지 같은 글이 심심치 않게 눈에 띄었다.

나는 화면에 뜬 한성제의 얼굴을 가만히 노려보았다. 짙은 눈썹과 위로 올라간 눈꼬리, 묘하게 빛나는 눈동자와 곧이라도 "뭘 봐"라고 말할 것 같은 입술과 뚜렷한 턱까지. 그 얼굴엔 웃음기라고는 하나도 없었다.

"대체 이런 애는 누가 만든 건지……."

혀를 찼다. 어떤 지구인이 이런 육체를 만든 건지는 몰라도 취향 한번 대단하다. 만들 때 나와는 다르게 하나하나 공을 들인 게 분명했다. 이렇게 반짝반짝한 걸 만들어 낼 수 있다니.

"이런 육체라면 맨날 들여다봤겠다."

무의식적으로 그렇게 말한 나는 곧 헛웃음을 터뜨렸다.

"장미래, 정신 차려."

여긴 지구다. 모든 지구인에게 그저 고리타분하고 아무런 의미도 가지지 못하는 고향이다. 저걸 누가 만들었는지는 모르지만, 만들 때는 재밌었을 수도 있다. 가지고 있는 예술혼을 불태워 만들었을 테지.

하지만 그것조차 잠깐의 취미 활동에 지나지 않았을 거다. 언젠가 한번 빠져서 열심히 그렸던 그림을 나중엔 어디에 뒀는지 기억도 하지 못하는 것과 똑같다. 고작해야 지구에서 백 년도 살지 못하는 유한한 육체에 관심을 가질 바엔 다른 취미를 갖는 게 훨씬 더 유익하다.

"……."

사진 속 한성제의 무표정한 얼굴은 곧 오늘 내가 본 표정으로 변했다.

아니, 변한 게 아니라 내가 그렇게 보고 있는 것뿐이었다. 당장이라도 눈물을 뚝뚝 흘릴 것 같던 표정. 한성제라면 눈을 깜빡이지도 않고, 닦으려고 하지도 않고 그냥 있는 그대로 눈물이 흘러가게 둘 것 같다는 생각이 들었다.

……해.

"응?"

순간 머릿속을 스쳐 지나가는 목소리. 아래로 뚝 떨어지는 눈물.

"뭐지?"

그러나 이미 지나간 이미지는 그대로 휘발되었다. 꿈속에서 본 장면처럼 잡히지 않았다.

"뭐지, 뭔가 중요한 느낌이었는데……."

"뭐가 중요한 느낌이야?"

뒤에서 들린 목소리에 소스라치게 놀랐다.

"깜짝이야!"

"뭘 그렇게 놀라."

그렇게 말한 건 다름 아닌 한영이었다. 영이 내 손에 들린 태블릿을 들여다보았다.

"저녁 자율 학습도 안 들어오고 뭘 하나 했더니."

그제야 내가 아직도 한성제의 얼굴이 대문짝만하게 있는 페이지를 띄워 놓고 있다는 걸 깨달았다. 얼른 태블릿 화면을 껐지만 이미 늦었다.

"언제 들어왔어?"

내 물음에 영이 어깨를 으쓱이며 대답했다.

"방금. 노크를 했는데 대답이 없어서 그냥 들어온 거야."

"그럼 좀 기다리지."

"이런 거 별로 신경 안 쓰면서?"

영의 말에 나는 입을 다물었다. 분명 그랬다. 영과 함께 우주에 있을 때는 이런 것 따위는 신경 쓰지 않았다. 다른 것보다 영을 보는 게 최우선 순위였기 때문이다.

"그랬지."

내 대답에 영이 눈썹을 살짝 올리곤 이쪽을 쳐다보았다.

영의 얼굴은 맑고, 동시에 애늙은이처럼 보였다. 빛과 어둠이 모두 깃들어 있었다. 완전히 빛만 있는 것보다 어둠이 있어야 빛의 강함이 훨씬 잘 느껴지는 것처럼, 영의 얼굴이 그랬다. 순수한 동시에 모든 걸 다 아는 현자처럼 보이기도 했다. 다 알면서도 모르는 척을 하거나, 아니면 아무것도 모르면서 알고 있는 것처럼 속이거나.

"하지만 그때는 그때고, 지금은 지금이잖아. 다르지."

그 말에 영은 살짝 놀란 것 같았다. 내가 이런 말을 할 줄은 몰랐다는 얼굴이었다.

하긴, 나는 내가 가지고 있는 패를 너무 일찍 전부 까 버렸다. 오로지 너 하나 때문에 지구에 남았다고 행동으로 보여 준 셈이니, 영으로서는 궁금한 게 아무것도 없을 거다.

그런 나에 비하면 영은 들고 있는 것이 너무 많다.

지구에서 보낸 시간 내내 몇 번이나 물어보고 싶었다.

영, 너는 나를 어떻게 생각해?

그러나 어떤 대답이 돌아올지 몰라 떠오르는 물음을 전부 안으로 삼켜야만 했다. 영의 깊고 투명한 눈동자는 나에게 아무것도 말해 주지 않았다.

한영은 내가 지구에 있는 유일한 이유다. 그렇기에 그 이유를 내 손으로 무너뜨리고 싶지는 않았다. 적어도 지금 당장은 아니었다.

"그래, 미래 네 말이 맞네. 내가 너무 예전 생각만 했나 보다. 다음부터는 신경 쓸게."

다정한 대답이었다. 내가 원한 답은 아니었지만.

"그냥 안 보이길래 뭐 하는지 궁금했던 거야. 지구 생활로 따지면 아직 신참이잖아."

농담처럼 던진 말에 나도 그냥 웃었다.

"신참이라니. 나 이래 봬도 지구 출생이야."

"맞네, 그랬지. 몇 살 때 우주로 갔다고 했더라?"

그렇게 묻는 영의 목소리는 자연스러웠다. 그러나 몇백 년 전 이야기를 다시 지구에 와서 하는 나는 이상한 느낌이 들었다. 게다가 지금 지구의 모습은 내가 떠날 때와 거의 비슷하게 보존되어 있기에 더더욱 이상했다.

"아마 열세 살이었을 거야. 생일이 지났는지 아니었는지는 기억이 안 나는데."

"어떤 느낌이었어?"

"글쎄, 그 무렵엔 우주로 나가는 게 너무 당연했어. 지구에는 더 이상 아무런 희망이 없다고 했으니까. 다른 행성인들에게 뒤떨어지면 안 된다고 우주 정착 지원금까지 줘 가면서 사람들을 밖으로 내보냈지. 그래서 별다른 느낌은 없었어. 초창기 몇 년은 비슷한 대륙권에서 온 사람들끼리 살았고, 모두 다 같이 바빴으니까."

"정말 정신없었겠네."

영은 내 말을 들으며 그때 모습을 상상하는 듯했다.

"그때는 활기라는 게 있었지. 아무튼 새로운 세대가 시작됐다고 생각했으니까. 다들 어디로 갈지, 무슨 일을 할지 기대에 넘쳐 보였어."

나 역시 오래된 기억에 사로잡혔다.

아직 영혼과 육체가 분리되기 전, 지구인이 그저 지구인이던 시절이었다. 우주는 무한한 가능성으로 가득 차 있었고, 새로운 우주인들과의 만남은 인간을 더욱 성장시키는 동력이 되었다.

"힘들지 않았다면 거짓말이겠지만, 그래도 그때는 뭔가 될 것 같았거든."

그게 뭔진 몰랐지만, 기대할 게 있는 것과 없는 것은 천지 차이였다.

그때는 다른 행성인의 도움을 받지 않으면 우리 은하를 벗어날 수도 없었지만, 그래도 다들 뭔가 해 보려고 노력했다. 다른 행성인들 사이에서 지구인들끼리 모여 힘을 합쳐야 한다는 인식도 생겨났다. 덕분에 이례적으로 평화로웠던 시기였다.

"행복했어?"

영의 질문에 잠깐 생각에 잠겼다. 지금과는 비교할 수 없을 정도로 구닥다리 우주선에, 한번 밖에 나가려면 두꺼운 우주복을 입고 벗어야 했지만 그래도 좋았던 것 같다. 아니면 지난 시간은 전부 미화되는 법칙에 따라 그런 느낌이 드는 것이거나.

"아마도."

"아마?"

"내가 선대의 다른 지구인들처럼 그냥 그 시절을 살다가 죽었다면, 인생이란 그렇게 장밋빛으로 물들어 있는 시간이라고 생각했을 거야. 내가 느낀 처음과 끝이 그랬으니까."

영은 흥미로운 얼굴로 내 이야기를 들었다. 우주에 있을 땐 이런 이야기를 하지 않았다. 하지만 지금 영은 지구인이고, 그래서 지금은 지구에 대한 이야기가 재밌는 모양이었다.

"하지만 난 여전히 살아 있잖아. 그래서 이젠 그때 일도 모두 지금과 뒤섞여 버렸어. 당시는 행복했지만, 어쩌면 그때 느낀 행복으로 지금의 지루함을 사 버린 게 아닌가 싶고."

지구인들은 육체를 옮겨 가며 영원히 사는 방법을 선택했다.

모두 열광했지만, 그 열광은 오래가지 못했다. 우리는 스스로 끝을 끝내 버렸다. 이젠 박수칠 때 떠날 수도 없었고 좋은 기억만 안고 갈 수도 없었다. 좋든 싫든 계속해서 존재해야 했다.

"그리고 이백 년쯤 지나니까 그런 생각이 들더라고. 왜 이렇게 존재해야 하는 거지? 이런 생각이 말이야."

지금껏 한 번도 입 밖으로 꺼낸 적 없는 말이었다.

육체를 바꿔 가며 살게 된 이후, 더 이상 생식을 하지 않게 된 지구인의 숫자는 거의 일정하게 유지됐다. 그 말인즉, 누군가가 의도적으로 죽으면 그만큼 우주에서 지구인이 줄어들게 된다는 의미였다.

숫자를 유지하는 건 중요한 일이었다. 어쨌거나 투표로 돌아가는 우주 시대에 다수를 차지하는 건 힘의 균형 문제로 직결됐다. 영혼 하나가 사라지면 지구인의 목소리를 대변할 수 있는 권한이 그만큼 쪼그라드는 것과 같았다. 그래서 지구인들에게 의도적인 죽음은 철저히 터부시됐다.

새로운 영혼을 만들면 되는 것 아니냐는 이야기도 당연히 나오긴 했다. 몇백 년 전에는 너무나 자연스러운 일생의 사이클이었던 출산을 통해 영혼을 재생산하면 되지 않느냐고.

그러나 모두 그 질문에 정확하게 대답하는 것을 피했다. 아마 새로운 영혼에 대한 본능적인 거부감 때문이었을 것이다.

우리는 육체에서 벗어난 새 시대의 영혼이었다. 그래서 다시 과거로 돌아가 육체를 입고 잉태와 출산 과정을 겪어 생산한 영혼이 과연 어떤 영혼으로 만들어질지 누구도 장담하지 못했다. 다들 불안감이 있었던 것 같다. 우리가 육체를 옮기고 죽음을 피하면서 돌아올 수 없는 강을 건너 버렸다는 걸, 그때 모두 확실하게 깨달았다.

재생산 이야기는 자연스럽게 사라졌다. 그렇게 우리는 지구인이라는 종(種)을 고스란히 책임져야만 했다.

"이제는 어쩔 수 없지."

영이 천천히 입을 열었다.

"그때의 행복은 그냥 그렇게 둬. 그게 어떤 결과를 가져왔든 결국 그때의 넌 행복했잖아. 그것 역시 어쩔 수 없는 거야."

영의 말이 맞다. 지금 내가 다시 육체와 합일한 채 이렇게 몸과 영혼의 괴리를 느끼고 있더라도, 과거의 나는 행복한 채로 두어야 한다.

그것 역시 어쩔 수 없는 일이다.

"영, 너는 어땠어?"

조심스럽게 물어보았다. 영은 고향 이야기를 그리 자주 하는 편이 아니었고, 내가 물어봐도 특별히 필요하다고 생각하지 않으면 제대로 답을 해 주지 않았다. 하지만 지금이라면 영의 이야기를 들을 수 있을지도 몰랐다.

영이 살짝 고개를 옆으로 기울였다. 영의 단발 머리칼도 함께 기울었다. 새카만 어둠의 색이 옆으로 쏟아진다. 나는 영의 머리칼에서 우주를 본다. 우리가 같이 아득히 지나왔던 우주다.

"우리 종족은 원래 오래 살았어."

이윽고 영의 입이 열렸다. 어쩐지 자세를 가다듬게 됐다.

영은 여전히 고개를 기울인 채 오래전 시간을 골똘히 반추하고 있는 듯한 얼굴이었다. 그런 영의 입에서 흘러나오는 말은 마치 꿈결 속에서 듣는 전래 동화 같았다.

"아니, 처음엔 우리가 오래 산다는 것도 몰랐지. 고향을 떠나 다른 우주인들을 만나고 나서야 우리가 오래 산다는 것을 깨달았던 거야."

영의 목소리는 파도 같다. 영이 물로 가득 찬 행성을 떠나온 지도 오래되었는데 아직도 영의 목소리엔 물기가 가득하다. 부드럽게 스며드는 목소리를, 내가 많이 사랑했다는 게 문득 떠올랐다.

"우리는 한 개체가 아주 천천히 변했어. 느리게 진화했다고 할 수 있지. 지구인들이 몇천 년 동안 세대를 바꾸며 변해 온 것들을 우리는 한 개체가 전부 경험했어. 크기가 컸기에 내 안에서 변하는 속도가 부분마다 다를 때도 있었지. 마치 물드는 것처럼 천천히 변할 때도 있었어."

처음 듣는 이야기였다.

"우리는 자아를 가지는 것도 느렸어. 태어나고 나서 얼마나 긴 시간을 그저 물속을 떠다니며 보냈는지도 정확히 몰라. 나라는 것을 인식하고, 그다음으로 나를 둘러싸고 있는 것들을 이해하고, 그러면서 아주 천천히 계속해서 변해 갔던 거야. 겉모습은 똑같았지만, 안은 완전히 달라진 거지."

나는 돌을 떠올렸다. 천천히, 오랜 시간 동안 강한 압력을 받거나 뜨거운 온도 때문에 결정 구조가 변해 안을 갈라 보면 보석으로 바뀐 돌이 영이 말한 모습과 비슷하다고 생각했다.

"우리는 가만히 물속을 유영하면서 조용히 변하고 또 변했어. 물속에 있는 것만으로도 모든 생명 활동을 다 할 수 있으니 굳이 먹고 마실 필요가 없었거든."

"네 행성에 다른 종족은 없었어?"

"우리는 우리끼리도 잘 만나지 않는걸. 바닷속 층층이 각자의 구역을 가지고 주로 그곳만 돌아다니니까. 다른 종족은 없어. 우리 행성에는 우리뿐이야."

"하지만 나에게 준 그 조개껍질은……."

우리가 함께 우주에 있었을 때, 영은 어떠한 감정의 증표로 나에게 자신의 고향에서 가져온 조개껍질을 선물로 주었다.

"그건 정확히 말하면 더 깊은 곳에 살던 나와 같은 존재가 준 자신의 껍질 조각이야. 사는 수심대는 달랐지만, 우리는 비슷한 시기에 태어났거든."

"한 번도 직접 만나 본 적은 없는 거야? 각자 구역이 따로 있다고 했잖아."

"응, 태어날 때 있었던 수심대가 자신의 구역이 돼. 그렇게 평생 그 정도 높이만 오가는 거지. 하지만 우리는 굳이 만날 필요가 없어. 물은 전부 이어져 있으니까."

나는 상상한다. 내 앞에 펼쳐진 바다는 텅 비어 있다. 아주 가끔씩 저 위를 유영하는 다른 이의 그림자만이 가끔 내 위를 지나칠 뿐이다.

"그렇게 변하다가 오랜 시간이 흐르면 어느 순간 녹아 버리는 때가 와."

"녹아 버린다고?"

"응, 녹아서 사라지는 거지. 우리 행성을 가득 채우고 있는 물속으로."

"죽는다는 거야?"

내 말에 영이 잠깐 눈을 깜박였다.

"글쎄, 그건 지구인이 생각하는 죽음과는 조금 달라. 녹아서 사라지면 우리는 물이 되거든. 우리가 처음 생겨났던 물로 다시 돌아가는 거야."

"물로 돌아간다고? 그럼……."

나는 상상 속 바다를 다시 한번 떠올렸다.

깊고 깊은 물.

위로 아래로 가득 덮여 있는 물.

"설마."

내 말에 영이 고개를 끄덕였다.

"맞아, 바다로 뒤덮여 있는 우리 행성은 녹아서 물로 되돌아간 누군가로 아주 깊게 뒤덮여 있는 거야. 그리고 그 물속에서 새로운 것이 다시 태어나고."

그 행성엔 무겁고 깊은 죽음들이 가라앉아 있다. 죽음들 사이에서 다시 새로운 무언가가 태어나고, 몇천 년의 시간에 걸쳐 내가 누구인지 깨달아 간다.

"누군가가 녹을 때가 되면 우리는 한 장소에 모여."

"각자 정해진 층에서만 다닌다면서? 어떻게 한 장소에 모이는 거야?"

"같은 위치에 위아래로 겹쳐 서는 거야. 우린 그걸 '눈물의 탑'이라고 불렀어."

거대한 존재들이 바다 아래에 탑처럼 쌓여 있는 광경을 상상했다. 아무런 말도 없이 고요하게 서로를 지키고 서 있다.

"그러다가 쌓인 이들 중 하나가 녹아 버리면 우린 그때야 그의 이름을 지어 불렀어."

"그때야 이름을 지어 불렀다는 건 어떤 의미야?"

"우리는 오랜 시간을 늘 함께 있잖아. 그리고 각자의 구역마다 오로지 하나이고. 그래서 녹기 전까진 수심대를 의미하는 숫자로 불렸거든. 지구의 숫자와는 조금 다르지만. 그러다가 녹으면 그 존재를 일컫는 말이 필요하게 되잖아. 그 수심대엔 새로운 존재가 태어날 테니까. 그래서 우리는 죽을 때가 되어서야 이름을 가질 수 있었어."

"그럼 영이 네 이름도……?"

영이 다시 고개를 끄덕였다.

"응, 나는 항상 더 높은 곳으로 올라가고 싶어 했거든. 어쩌면 물의 끝이 아니라 그 너머를 꿈꿨던 것 같기도 해. 우리 중 몇몇은 가장 높은 곳을 두려워하기도 했어. 수면 위에는 아무것도 없다고 생각했으니까."

물 안에서 사는 존재들은 물 밖이 세상의 끝이라고 여겼다.

"하지만 난 늘 수면 위를 바라봤어. 그래서 그런 이름을 가지게 된 거야. 가장 높은 곳을 뜻하는 이름 말이야."

"그럼 너도 녹았어……?"

"응, 녹아서 위로 올라갔지. 마지막 수면 위보다 더 높이."

"그게 가능한 거야?"

"몇천 년 동안 위로 가고 싶다고 생각하니까 방법을 깨닫게 되더라고."

"영이 네가 처음이었어?"

"내 행성에서? 응, 아마도. 우리는 정말 소수의 존재만이 살았으니까 지구인처럼 서로 교류하며 발전을 이뤄 내는 단계가 없었거든. 모든 게 다 개별적이었어. 아마 나 말고 다른 누군가가 위로 올라갔다고 해도 다들 몰랐을 거야."

나는 그제야 영에게서 느껴지던 거리감이 어디서 기인했는지 깨달을 수 있었다.

영에게는 인생 대부분이 혼자인 시간이었다. 지금처럼 다른 누군가와 함께인 시간이 오히려 이상한 것이다.

"그래서 영, 넌 다음으로 지구를 선택한 거야?"

질문을 던지며 영의 눈동자를 들여다보았다. 투명한 영의 눈동자에는 읽어 낼 수 있는 게 아무것도 없었다. 하지만 왜 지구여야만 했는지, 지금은 물어볼 수 있을 것만 같았다.

"다른 사람들과 함께 살아 볼 수 있어서?"

그렇게 물으면서 희미한 죄책감을 느꼈다.

나는 지금 영을 몰아가고 있다. 네 대답에 내가 있으면 좋겠다는 마음을 숨긴 채 떠보고 있다. 그런 나 자신을 알면서도 그렇게 묻지 않을 수 없었다. 어쨌거나 지금 나는 열아홉이니까. 나중에 후회할 걸 알면서도 물어볼 수밖에 없는 거다.

"내가 이곳을 택한 이유는……."

영이 나를 바라보았다.

"미래, 네가 지구로 올 거라는 걸 알았기 때문이야."

나는 그 대답의 의미가 뭔지 알 수 없었다.

*

결국 영에게 그 말의 의미를 물어보지 못했다.

아니, 어쩌면 물어보고 싶지 않았던 걸 수도 있다. 어쨌든 영의 이유는 나였다. 괜히 더 물어봐서 다른 뜻도 있다는 걸 듣고 싶지 않았다.

하지만 여전히 이상한 구석은 있었다. 그래서 계속 마음에 걸렸다.

미래, 네가 지구로 올 거라는 걸 알았기 때문이야.

그건 사실이 아니다. 내가 지구에 있어서 영이 여기 온 게 아니라, 영이 지구에 있었기에 내가 명령을 이행하기 위해 이곳에 온 거다. 그런데 왜 영은 그렇게 말했을까.

적어도 내가 알고 있는 영은 인과 관계를 반대로 말할 이가 아니다. 그러나 내 안의 기묘한 불안이 영에게 솔직히 물어보지 못하게 만들었다.

영은 여전히 모든 일과에 진심이었다.

'지금도…….'

이어폰을 낀 채 자세 하나 흐트러지지 않은 모습으로 열심히 문제를 풀고 있다. 그렇게 오랜 시간을 물속에서 살아왔으며 마침내 바다 너머 여기까지 왔으면서도 이번 생이 처음이자 마지막인 것처럼 최선을 다한다.

저런 존재이기에 변하지 않는 판결 주문을 몸 안에 가지고도 살아남을 수 있는 걸까.

베가가 그랬다. 판결 주문처럼 큰 이야기를 지닌 존재들은 빨리 죽어 버린다고. 육체의 죽음이 아무런 의미가 없어진 지금, 진짜 죽음은 영혼의 붕괴를 의미한다. 우리는 우주의 많은 부분을 속속들이 파헤치는 중에도 영혼이 붕괴 후 어디로 가고 어떻게 되는지, 아니면 그냥 사라져 버리는 건지 알아내지 못했다.

과학이 넘쳐 나는 시대에 살아남은 비밀은 더욱 범접할 수 없는 미스터리함을 띤다. 그리고 영은 비밀 중에서도 가장 큰 비밀을 가지고 있는 존재다.

비밀과 현실, 진짜와 가짜, 마음과 불안감 속에서 흔들리는 건 나뿐인 것 같았다.

흔들리면서도 지구에서의 시간은 너무나 빠르게 흘러, 벌써 한 달이 지났다. 아무 일도 일어나지 않았고 모든 건 예상한 범위 내에서 흘러갔다.

단, 한성제만 빼고.

강당에서 있었던 첫 만남 이후, 한성제는 나를 피했다. 친구들과 함께 복도를 지나칠 때도 나를 보면 얼굴을 굳히고는 다른 곳으로 걸음을 옮기곤 했으니 의도적인 게 분명했다. 그 모습에 희원마저 대체 둘이 무슨 일이 있는 거냐고 물어볼 지경이었다.

나는 정말로 대답해 줄 말이 없었다. 한성제가 왜 나에게 그런 말을 했는지, 그런 표정을 지었는지, 또 왜 갑자기 피하는지도 알 수 없었다.

그렇다고 찾아가서 물어볼 수도 없었다. 한성제는 영과는 다른 의미로 뭔가를 물어보기 어려운 상대다. 물어본다고 해도 자신이 언제 그랬냐며 발뺌하면 나로서도 뭐라 더 할 말이 없다.

여전히 한성제는 아이들에게 인기가 많았다. 한성제가 학교로 돌아온 다음 날 그 애의 자리에 사탕 선물이 한가득 있었다고도 했고, 정식 연습 시간에 응원석이 꽉 찰 정도로 사람이 붐볐다는 이야기도 들려 왔다.

듣지 않으려고 해도 어쩔 수가 없었다. 그럴수록 내 육체의 기억에 한성제가 아예 없다는 것이 이상했다.

"직접 물어보면 확실하겠지만……."

화살처럼 날아와 박히던 한성제의 시선을 떠올리면 아직도 목덜미가 서늘해진다.

고개를 내저었다. 정말로 접점이 없어서 기억을 못 하는 것일 수도 있다.

"그래, 그냥 그렇게 생각하자고."

괜히 긁어 부스럼을 만들고 싶지 않았다.

"와아아!"

저쪽 아래에서 사람들의 환호성이 들렸다. 창문에 기대 있던 나도 시선을 자연스럽게 그쪽으로 향했다. 별관 아래쪽에 자리한 수영장에서 나는 소리였다.

"아, 오늘 정기 연습이 있다고 했던가."

나는 한 번도 수영을 배워 본 적이 없다. 우주선에 있을 때는 고사하고 지구에서 살던 때조차 제대로 수영을 해 본 적이 없다.

하지만 영의 이야기를 듣고 궁금해졌다. 물속을 유영하는 기분은 어떤지 알고 싶었다. 영은 몇천 년 동안 그렇게 살았으니, 그 기분을 알면 영을 이해하는 데 조금이나마 도움이 될 것 같았다.

"하지만 수영장에 가면 분명히 한성제가 있을 텐데."

다시 한번 사람들 소리가 들려왔다.

잠시 고민했다. 한 번쯤은 보고 싶은 것도 사실이었다. 여기저기서 하도 한성제 이야기를 하니, 이제는 나도 조금 궁금해졌다.

"그래, 어차피 사람도 많을 텐데 나 하나 더 들어간다고 눈에 띄겠어?"

거기까지 생각하자 지금 당장 가고 싶어졌다. 얼른 자리에서 일어나 수영장으로 향했다.

수영장 건물 안엔 사람들이 꽤 있었다. 혹시 몰라 바로 경기장에 들어서지 않고 2층으로 올라갔다. 객석 쪽으로 가는 게 훨씬 더 나을 거라는 계산이었다.

2층 복도 끝 입구로 들어가자 푸른색으로 빛나는 커다란 수영장이 눈앞에 펼쳐졌다. 소독약과 물이 섞인 냄새가 가장 먼저 나를 반겼다. 어디선가 많이 맡아 본 듯한 냄새였다.

"세종고! 세종고!"

사람들의 커다란 목소리가 하나가 되어 내부를 울렸다. 옆을 보니 2층 관객석 가득히 우리 학교 학생들이 앉아 있었다. 피켓을 들고 있는 사람도 있었고 휴대폰으로 불을 빛내며 응원하는 이도 있었다. 수영장 벽면의 전광판에는 '세종고-유일고 친선 경기'라고 적혀 있었다.

"친선 경기라……."

중얼거리던 내 시야에 화면 가득 푸른 물을 가르는 한성제의 모습이 들어왔다.

나는 그 자리에 우뚝 서서 한성제의 모습을 보았다.

인간은 물에서 살지 못한다. 그런데도 왜 저 애의 모습은 저렇게 자연스럽고 건강해 보이는 걸까.

거친 물방울이 그 애의 손과 팔과 어깨를 따라 힘차게 튀어 올랐다. 숨을 내뱉고 다시 들이쉬는 그 일상적인 동작이 잘 만들어진 하나의 예술 작품처럼 보였다. 물을 가르는 한성제의 긴 팔과 손에서는 힘이 느껴졌다.

"가자! 가자!"

응원하는 사람들의 목소리가 점점 더 커졌다. 주먹을 쥐면서 전광판을 보는 사람, 피켓을 흔드는 사람, 큰 소리로 응원하는 사람. 이곳에 있는 모든 이가 전부 한성제를 보고 있었다. 상기된 얼굴이 반짝였다.

그리고 사람들의 열광적인 응원을 받는 한성제의 모습은······.

참으로 자유로워 보였다.

나는 멍하니 그 모습을 바라보았다. 사방을 가득 채운 뜨거운 열기, 온몸으로 느껴지는 감정들. 이런 열기는 정말 오래간만에 느껴보는 거였다.

물론 콜로니 안에서도 가끔 경기나 축제가 열리곤 했다. 그러나 보통 영혼들만 존재했기에 이런 열기를 느낄 수는 없었다.

아예 처음부터 영혼만 존재했다면 뜨거운 감각 같은 건 몰랐을 것이다. 예전엔 느꼈던 감각들이 더 이상 느껴지지 않는다는 것을 알았을 때, 지구인들은 그런 것에 관심을 두지 않게 됐다. 자연스럽게 육체적 능력이 주가 되는 운동 경기들은 사양길에 접어들었다.

"와아!"

옆에서 귀청이 떨어져라 커다란 소리로 응원을 했다. '세종고 응원단'이라고 쓰여 있는 티셔츠를 입은 1학년들이 사람들의 소리에 맞춰 작은 북을 둥둥 울렸다.

그 소리에 맞춰 내 심장도 함께 고동치기 시작했다.

둥둥, 둥둥, 둥둥!

"어? 미래야! 너도 구경하러 온 거야?"

사람들 사이에서 나를 발견한 건 다름 아닌 희원이었다.

"뭔가 재밌어 보이길래⋯⋯."

내 대답이 끝나기도 전에 희원이 나를 잡아끌었다.

"여기가 훨씬 잘 보여! 나도 연준이 경기 보러 왔다가 끝까지 자리 지키고 있는 거거든. 역시 한성제가 잘하긴 잘해."

얼떨결에 좋은 자리에 서게 되었다. 희원은 내 손에도 응원용 긴 풍선을 들려 주었다. 공기가 빵빵하게 들어가 있는 풍선은 맞부딪치면 커다란 소리가 났다.

"자, 다들 응원단 북소리에 맞춰서 부딪쳐 주세요!"

풍선까지 들었으니 안 칠 수도 없는 노릇이었다. 희원을 따라 풍선을 쳤다. 사람들이 함께 만드는 커다란 소리가 수영장 안을 가득 메웠다.

모두 같은 파도를 탄 것만 같았다. 한성제가 스트로크를 커다랗게 한 번 저을 때마다 응원하는 우리도 같이 넘실거렸다. 밀려왔다가, 빠지고. 다시 커다랗게 밀렸다가 또 빠지고.

처음에는 조금 삐걱거리나 싶었지만, 나 역시 응원의 흐름에 곧 올라탈 수 있었다. 희원이 하는 대로 풍선 박수를 치고 "세종고!"라고 외쳤다. 목소리도 점차 탄력을 받았다.

"세종고!"

사람들과 함께 커다랗게 외치는 나를 보며 희원이 웃었다.

"재밌지? 은근히 스트레스가 싹 풀린다니까?"

동의하지 않을 수가 없었다. 사람들과 한마음 한뜻으로 같은 걸 보고 응원한다는 게 이런 기분이라는 걸, 너무 오래간만에 느꼈다.

전광판 위로 남은 바퀴 수가 표시됐다. 선두를 유지하고 있는 건 역시나 한성제였다. 두 바퀴를 남겨 놓고서도 한성제는 힘이 남아 있는 듯 자기 뒤를 따라오는 선수를 슬쩍 보았다.

"이제 한 바퀴 남았어! 가자!"

사람들이 일어서서 마지막 바퀴를 응원했다. 나도 그 사이에 껴서 시원하게 움직이는 한성제의 모습을 바라보았다.

사실 승패는 이미 결정되어 있는 거나 다름없었다. 한성제는 뒤이어 따라오는 유일고 선수를 큰 차이로 제치고 여유롭게 일등을 차지했다. 라인 끝을 터치한 한성제가 물에 푹 잠겼다가 올라오며 얼굴의 물기를 걷어 냈다.

"한성제!"

옆에 있던 사람들이 한성제의 이름을 외쳤다.

자신을 응원하는 소리를 들은 한성제가 씩 웃으며 물안경을 머리 위로 올리더니, 날카로운 눈을 반으로 접어 웃는 모양새를 만들었다. 나에게 보여 주었던 표정과는 전혀 달랐다.

"뭐야……."

환하게 웃는 한성제의 얼굴은 조금 충격이었다.

"저렇게 웃을 줄 알면서."

한성제가 전광판에 뜬 자신의 기록을 확인하고는 고개를 끄덕였다. 그러곤 옆 라인에 들어온 유일고 선수와 손을 잡고 인사를 한 후, 깊게 잠수해 한 호흡 만에 사다리가 있는 곳까지 갔다.

"멋지다!"

사람들의 환호성에 물 밖으로 나온 한성제가 응원석 쪽을 돌아보며 손을 흔들었다. 물에 젖어서 그런 건지, 아니면 수영장의 조명이 세서 그런 건지 손을 흔드는 한성제의 모습이 유독 빛났다. 왜 많은 아이가 한성제를 좋아하는 건지 단박에 깨달을 수 있었다. 저렇게 빛나는 애를 좋아하지 않는 건 어려운 일이다.

순간 한성제의 시선이 이쪽을 향했다.

여전히 웃고 있는 그 표정 그대로, 한성제의 시선이 나에게 향했다.

이백 년 넘게 살았으면서, 나는 어떻게 해야 할 바를 알지 못했다. 심장 어딘가가 쿵 하고 내려앉는 기분이 났다.

"아……."

당황과 이유를 알 수 없는 부끄러움이 몰려들었다. 그래서 응원하는 사람들 사이를 지나 냅다 도망쳤다. 그렇게 떠나는 내 뒷

모습을 한성제가 어떤 얼굴로 보고 있을지도 모른 채.

*

 대체 뭐야.
 어이가 없었다. 고작 시선 하나 때문에 이렇게 기분이 이상할 수 있다니. 상상해 본 적도 없다.
 "목요일에선, 아니, 우주에서는 한 번도 이런 적 없었는데."
 침착함은 콜로니의 연구원으로서 첫 번째로 요구되는 능력이다. 그리고 그동안의 테스트에서 나는 준수한 점수를 기록했다. 분명히 그랬다.
 하지만 지금 내 심장은 미친 듯이 뛰고 있다. 관자놀이가 펄떡이는 게 느껴졌다. 온몸에서 생생하게 느껴지는 긴장과 떨림의 징후가 너무나 낯설었다.
 "아니야, 아니라고."
 나 자신을 타일렀다. 숨을 크게 들이마셨다. 하지만 도움이 되는 것 같지는 않았다.
 고개를 저으며 수영장 건물의 2층 발코니로 나갔다. 이곳은 건물 안쪽에서는 잘 보이지 않는 후미진 곳이다. 게다가 선수들은 1층과 지하실을 주로 사용한다고 하니, 한성제가 여기까지 올라올 일은 없다.

"날 본 게 아니겠지."

그냥 응원해 준 사람들을 향해 시선을 돌리다가 우연히 내가 있는 쪽을 봤을 것이다. 난 거기에 지레 찔린 거고.

경기를 다 본 학생들이 발코니 뒤에 있는 복도를 지나가는 소리가 들렸다.

"오늘 경기도 너무 좋았다, 그치?"

"맞아, 응원하는 것도 재밌었어! 응원부에 지원해 볼까?"

나는 구석에 몸을 웅크리곤 사람들이 밖으로 빠져나가기를 기다렸다.

감정 과잉 상태였다. 이런 모습을 다른 사람에게 보이고 싶지 않았다. 기숙사에 돌아가기 전에 이 기분에서 벗어나야 했다. 가만히 심호흡을 하며 나를 사로잡은 생각들을 떨쳐 내려고 노력했다.

"하……."

깊은 한숨이 난간 밖으로 펼쳐진 너른 들판을 향해 흩어졌.

처음 이곳에 왔을 땐 내린 눈에 가려 보이지 않던 들판이 지금은 넘실대는 초록빛으로 가득했다. 들판의 풀들은 어제보다 훨씬 더 자라 있었다. 들판은 아주 빠른 속도로 성장세를 불려 나갔다. 아침에 눈을 떠서 기숙사 창문으로 볼 때마다 변한 게 느껴질 정도였다.

사방으로 펼쳐져 있는 들판을 보니 정말로 세상의 끝에 있는 기분이었다. 세종고로 통하는 도로들은 이쪽에선 보이지 않기에 내 눈에 보이는 것은 그저 새파란 들판과 군데군데 자라난 나무들뿐, 인간의 흔적은 아무 데도 없었다. 덕분에 마음이 조금 가라앉았다.

바람 자국이 들판 위를 스쳐 지나갔다. 이쪽에서 저쪽으로 부는 바람의 모습을 풀의 움직임으로 느낄 수 있었다.

흘긋 보면 다 같은 초록빛인 것 같았던 들판이, 흔들릴 때마다 또 다른 초록빛으로 물들었다. 조금 더 여린 색부터 유독 짙은 녹빛인 곳까지. 서로 다른 초록빛이 모여 이렇게 큰 들판을 만들어 냈다. 마치 내가 아까 경험한 감각을 색깔로 바꿔 놓은 것만 같았다. 서로 다른 색을 가지고 있는 사람들이 만들어 낸 하나의 이어진, 커다란 감정.

중요한 건 그게 너무나 생생하게 느껴졌다는 거다. 피부로 느껴지던 뜨거운 열정과 고양된 감각은 정말로 진짜 같았다.

"······그럴 리가 없는데."

그래 봤자 영혼이 없는 육체들이 만들어 낸 일종의 부산물에 불과하다. 그런데도 왜 그리 반짝이고 아름답게 느껴졌는지.

그 생각을 하니 어쩐지 머리가 지끈거렸다. 바람에 들판의 풀들이 쏠리듯 다른 이들과 이어진 감정도 내 안에서 이리저리 쓸려 나갔다.

"진짜면 어쩔 거고 가짜면 어쩔 건데. 나랑은 아무 상관도 없는 일이라고."

어차피 이곳은 내가 사는 곳이 아니다. 프로젝트가 끝나면, 영이 다른 곳으로 떠나면, 그게 아니더라도 내 마음이 바뀌면 난 언제든 지구를 떠날 수 있다.

"내 마음이 바뀌면……."

물론 그게 제일 중요하다.

말은 이렇게 하고 있지만, 나 역시 알고 있었다. 지금 내 마음이 어떤지.

적어도 지금은 지구를 떠나고 싶지 않았다.

이곳에 온 지 한 달이 지났다. 달이 지구를 한 바퀴 돌았다.

멀리서 볼 때 지구는 변함이 없었다. 늘 푸르른 들판 같았다. 언제나 같은 색으로 변함없이 존재하는 것처럼 보였다.

하지만 가까이서 들여다보니 전혀 달랐다. 그 안에도 조금씩 다른 색들이 있었다. 각기 다른 모양과 색깔과 향기로 존재했다.

나는 이제 슬슬 그 안의 모습들이 궁금해졌다.

이런 나를 베가가 봤다면 뭐라고 할까. 불길처럼 일렁이는 눈동자로 이쪽을 직시한 채 "미래 너, 아무래도 지구에 너무 동화된 거 아니야?"라고 했을 것이다.

"정말 그럴지도 모르겠어, 베가."

동화. 우주인이라면 한 번씩은 마주하는 현상이다. 지구식으로 말한다면 감기 같은 거다. 그리 위험하지는 않지만, 누구나 한 번쯤은 겪는 약한 질병 같은 것.

우주에서의 생활은 기본적으로 끝없이 돌아다니는 여행이다. 중간중간 길게 정박하는 콜로니도 있긴 하지만, 정해진 프로젝트가 끝나면 다시 탐험을 시작한다.

우주는 너무나 드넓고, 필요한 것은 계속해서 생기며, 아직 탐사되지 않은 곳도 많다. 그렇기에 떠돌아다니는 것은 우주 시대의 미덕이다. 한곳에 머무는 것은 뒤처지거나 시대 흐름에 어긋나는 모습으로 받아들여진다.

동화는 한곳에 오래 머무른 우주인들이 앓는 병이다. 한곳의 시공간과 문화에 젖어 들어간 나머지, 그곳의 흐름만이 유일하고 진실한 것이라고 받아들이는 현상이다.

동화가 되면 그곳을 떠날 수 없다. 어쩌면 영원히 이곳에 정착해서 살 수 있지 않을까, 하는 말도 안 되는 생각이 영혼을 점령하고 만다.

하지만 그건 전부 환상이다. 행성도 아닌 우주 콜로니들은 빠르게 변하고, 대체되고, 영영 사라진다. 결국 마지막에 남는 건 영혼들뿐이다. 그러니 동화를 겪지 않도록 일부러 콜로니를 주기적으로 옮겨 다니는 행위는 영원히 한곳에 머물 수 없는 우주 시대의 영혼이 맞는 예방 주사와 같다. 그래서 오래도록 살아남을 영혼들은 자신들이 머물 곳을 옮기고 또 옮긴다.

어쩌면 동화는 죽음이 사라진 시대에 새로 생겨난 병일 수도 있다.

"한 달은 너무 빠른데……."

베가와 함께 있었던 콜로니 목요일에서는 장장 서른여섯 해를 보냈다. 그래도 동화가 이루어지지 않아 앞으로 십 년 정도는 끄떡없겠다는 이야기를 나누기도 했다. 그런데 지구는 고작 한 달 만에 나를 이렇게 만들었다. 이러다가 동화가 심해지면 지구를 벗어나지 못하게 될 수도 있다.

"그건 안 되지."

고개를 가로저었다. 궁금한 건 궁금한 거지만, 여기서 더 이상 깊게 발목을 잡혀서는 안 된다. 나는 끝까지 철저하게 방관자 입장으로 지구에 있어야 한다.

"오늘 같은 일도 마지막이어야 해."

너무 마음을 놓아 버렸다는 생각이 들었다.

처음에는 보존 행성인 지구에 내가 영향을 끼치면 안 된다는 생각뿐이었다. 하지만 그건 일종의 자만이었다. 오히려 영향을 입은 건 나였다. 이곳에 있는 친구들이 점점 더 진짜처럼 느껴졌고, 이곳의 이야기와 사건 들이 궁금해졌다.

"어쩌면 영도……."

고작 지구살이 한 달 차인 나와 달리 영은 지구에서 태어나 십구 년을 살았다. 영이 이곳의 모든 일에 진심인 이유를 조금 이해할 수 있을 것도 같았다.

하지만 그래서는 안 된다.

우리는 저들과 다르다. 저들은 유한한 육체로서 아무런 의미도 없이 죽겠지만, 나와 영의 영혼은 오래도록 남을 테니까.

"장미래 연구원이 지구에서 맡아 줄 것은 간단해요. 우리는 당신이 한영을 계속해서 지켜 주길 바라요."

내가 받은 명령이 떠올랐다. 처음엔 대체 무엇으로부터 영을 지켜야 하는 건지 알지 못했다. 그러나 지금은 어렴풋이 알 것 같다. 윗분들은 이런 상황마저 예상하고 있었던 것이다.

"차라리 다른 것으로부터 지켜 달라는 게 더 쉬울 것 같은데 말이지."

한숨을 내쉬고 자리에서 일어났다.

사방은 이제 고요했다. 수영장 안에서 들은 환호성은 이미 저 멀리로 사라진 지 오래였다. 들판 너머로 해가 뉘엿뉘엿 지고 있었다. 초록색 들판 위로 주홍빛 노을이 드리워졌다. 그 빛깔에 들판의 색이 변하기 시작했다. 흔들리는 풀, 부는 바람, 그 위로 떨어지는 노을.

그 사이로 뭔가가 스쳐 지나갔다.

"응……?"

살짝 눈을 찌푸리곤 그쪽을 다시 바라보았다. 풀들이 또 흔들렸다. 뭔가가 있었다.

"뭐지?"

희미한 그림자가 풀 사이를 가로질렀다. '그것'이 움직일 때마다 풀들이 한 방향으로 쏠렸다. 궤적을 남기며 흔들리는 풀을 나는 멍하니 지켜보았다.

쏴아—!

들판에서 불어온 바람이 뺨에 닿았다. 풀 냄새 사이로 다른 향이 느껴졌다. 하지만 그 냄새가 뭔지 콕 집어 떠올릴 수가 없었다. 분명 어디선가 맡아 본 향기임에도 불구하고.

풀은 계속해서 움직였다.

상식적으로 생각하면 이 근처에 흔하게 있는 고라니 같은 동물일 것이 분명했다. 그러나 이상하게도 저게 동물이 아닐 거라는 직감이 들었다. 그것의 움직임은 너무나 익숙했다. 좀 더 자세히 보기 위해 고개를 뺐다.

그때, 안개 속 그림자의 움직임이 뚝 하고 멈췄다. 그것의 시선이 내 쪽을 향했다.

나는 그대로 굳어 버리고 말았다. 나도 모르게 얼른 무릎을 굽혀 몸을 숨겼다. 바람이 머리 위를 스쳐 지나갔다. 머리칼이 쭈뼛 서는 것만 같았다.

손이 가늘게 떨렸다. 벽에 기댄 등을 타고 서늘한 기운이 올라왔다. 방금 내가 뭘 본 건지 제대로 이해할 수 없었다.

다시 고개를 들어 잘못 본 건 아닌지 확인하고 싶었지만, 몸에 힘이 들어가지 않았다. 흔들리는 풀들 사이에서 그것이 아직도 이쪽을 가만히 쳐다보고 있을 것만 같았다. 내가 조금이라도 움직이길 기다리며.

저게 뭘까. 내가 헛것을 본 건 아닐까?

설명할 수 없었다. 사실은 뭔지 알고 싶지도 않았다. 손발이 차갑게 굳었다.

그동안 우주를 돌아다니며 별별 생물체를 봤다. 그중엔 무섭고 기묘하게 생긴 것도 많았다. 우주였으니 그럴 수 있었다. 우리가 아직 탐험하지 못한 곳에 상상하지 못한 것들이 있는 건 당연한 일이니까.

하지만 이곳은 지구다. 이곳에 더 이상의 비밀이란 없다.

아니, 없어야만 한다.

지구에서 지금까지 발견되지 않은 낯선 무언가를 만나는 게 우주에서 발이 여덟 개 달린 생물체를 만나는 것보다 더 무서운 일이라는 건 확실했다. 그러나 언제까지나 여기 앉아 있을 수만은 없었다. 나는 한 번 숨을 들이마시곤 단번에 몸을 들어 올렸다.

쏴아아—!

시뻘건 노을빛으로 가득 찬 들판에서 불어온 바람이 나를 덮었다. 눈을 크게 뜨고 들판을 바라보았다.

없다. 들판에는 노을과 풀과 바람뿐이었다. 다른 건 없었다. 다만 묘하게 고요해진 들판이 붉은빛 아래 움츠려 있었다. 마치 내가 방금 무엇을 보았는지 알고 있는 것처럼 경계하고 있었다.

그래, 마치 긴장하고 있는 것처럼…….

순간 나는 헛웃음을 터뜨릴 뻔했다. 말도 안 되는 상상이었다. 어떻게 들판이 긴장할 수 있단 말인가.

"하……."

그러나 내 웃음은 바람 빠진 풍선처럼 흩어지고 말았다.

들판의 풀들이 비쭉 곤두서 있었다. 그걸 본 순간 피가 차갑게 가라앉았다. 분명히 뭔가가 있다. 이곳에서 무슨 일이 벌어지고 있다. 그것만큼은 확실했다.

온몸의 힘을 끌어모아 발을 뒤로 끌었다. 일단 여길 빠져나가고 싶었다. 이 말도 안 되는 상황을 버려두고 친구들이 있는 곳으로 가고 싶었다.

하지만 굳어 버린 몸이 움직이지 않았다. 눈앞에 펼쳐져 있는 들판은 너무나 넓은데 나는 저 거대한 흐름을 막아 낼 수가 없다. 어떻게 해야 할지 몰라 머릿속이 새하얗게 변했다. 여기서 내가 뭘 어떻게 해야…….

"너, 뭐 해?"

갑자기 들려온 목소리에 생각이 툭 끊겼다.

커다랗게 숨을 들이마시며 뒤를 돌아보았다.

거기에 서 있는 건 다름 아닌.

"……한성제."

이곳까지 한달음에 달려왔는지 한성제는 거친 숨을 몰아쉬고 있었다. 젖은 머리칼 사이로 그 애의 눈동자가 보였다.

살았다.

그게 처음으로 든 생각이었다.

"너, 뭐냐고."

한성제의 목소리는 낮았고 동시에 적개심을 품고 있었다.

이쪽으로 다가온 한성제에게서 시원한 물 향기가 났다. 들판에서 불어온 바람에 섞여 있던 다른 향 중 하나였다. 내가 기억해 내지 못했던 향기의 이름.

들판과 한성제.

한성제와 들판.

어울리지 않는 조합이었다.

"아."

엄청난 긴장감이 풀리면서 순간 다리에 힘이 빠졌다.

"너……!"

하지만 내가 바닥에 쓰러지는 것보다 한성제가 내 팔을 잡는 게 더 빨랐다.

한성제의 손은 단단했다. 가까워진 그 애의 검은 머리카락에서 채 마르지 못한 물방울이 떨어졌다.

떨어진 물방울이 우리 둘 사이에 파장을 만들어 냈다. 나보다 머리 하나는 충분히 더 큰 한성제가 고개를 숙인 채 가만히 이쪽을 내려다보았다. 차가운 숨결이 내 뺨에 닿았다.

나는 시선을 올려 한성제를 쳐다보았다. 여전히 한성제의 눈동자엔 내가 읽어 낼 수 없는 감정들이 뒤섞여 있었다. 분명 이 애가 나를 피한다고 생각했다. 그런데 왜 지금은 이렇게 나를 뚫어져라 바라보는 건지 모르겠다.

내가 비틀거리며 자리에서 일어서자 한성제는 그제야 손을 놓았다.

"……고마워."

어쨌든 도와준 건 맞으니 겨우 그렇게 말했다.

그러나 내 말을 들은 한성제의 표정이 굳었다.

"너, 정말로."

나는 가만히 다음 말을 기다렸지만 한성제는 그대로 입을 다물었다.

나를 바라보는 차가운 눈동자. 저 눈동자를 어디선가 본 적 있다는 생각이 들었다. 그것도 아주 오래전에, 예를 들면 전생이나 전전생쯤. 물론 말도 안 되는 일이었다.

"……편지."

한성제의 입에서 갑자기 다른 단어가 나왔다. 이번엔 내가 되물을 차례였다.

"뭐?"

한성제의 눈썹이 들썩였다. 천천히 눈을 감았다가 뜬 한성제가 입을 열었다.

"가라."

그렇게 말하는 한성제의 얼굴은 무서울 정도로 아무런 표정이 없었다. 차라리 내가 모를 여러 감정으로 뒤섞인 눈빛이 더 나았다. 차가운 얼굴을 한 한성제는 아예 다른 사람처럼 느껴졌다.

"가라고. 넌 다르잖아."

*

들판은 더욱 무성해졌다. 아직 이른 여름인데도 그랬다. 들판의 풀들은 하루하루 높게, 더 높게 자라났다.

그날 이후, 나는 이 학교를 둘러싸고 있는 들판을 제대로 쳐다보지 못했다. 심지어는 불어오는 바람마저 무섭게 느껴질 때도 있었다.

바람에 실려 오는 풀 향기는 점점 짙어져만 갔다. 그 안에 교묘하게 가려져 있는 물 냄새도 마찬가지였다. 한성제에게서 났던 그 향기가 사방에서 느껴지는 날엔 기분이 종잡을 수 없을 만큼 오락가락했다.

내 방 창문에서 바로 보이는 들판을 견디기 어려웠다.

"민주야."

"응?"

"혹시 기숙사 방 지금 바꿀 수도 있어?"

내 말에 민주가 살짝 눈썹을 찌푸렸다.

"아마 안 될 거야. 지금 남는 방이 없어서. 아예 서로 바꿀 사람을 데려오면 모르겠지만."

"그렇구나."

"왜? 방에 무슨 문제라도 있어?"

민주가 내 얼굴을 들여다보았다.

"좀 피곤해 보인다, 미래야. 잠을 잘 못 자?"

그 질문에 나는 솔직하게 답할 수 없었다. 창밖으로 보이는 들판에서 뭔가 나타날 것만 같다고, 거기에 상상할 수 없는 게 도사리고 있을 것 같다고 털어놓을 수가 없었다.

끝이 보이지 않는 들판은 어둠으로 가득 차 있는 우주보다 더 두려웠다.

"스트레스가 좀 쌓였나 봐."

"하긴, 3학년 애들 대부분 그럴 거야. 수능이 다가오는 게 느껴지니까."

민주의 대답에 그런 문제가 아니라고 소리치고 싶은 걸 겨우 참아 냈다. 그랬다간 내가 이상해졌다는 소문이 아주 빠르게 돌 것이다.

참 기묘한 일이다. 영혼이 없는 육체들은 누구보다 이 상황에 잘 적응해 지내고 있다. 하지만 진짜 지구인인 나만큼은 이 모든 것에 괴리감을 느끼고 있다.

지구에서 보내는 시간이 길면 길어질수록 설핏 들던 이질적인 느낌은 점점 강해져만 갔다. 그러나 그 느낌이 어디서 기인하는 건지 알 수 없어 머리만 아파 왔다.

"들판에서 바람 부는 소리가 계속 신경 쓰여. 그래서 잠을 제대로 잘 수가 없네."

"아, 미래 네 방이 기숙사 가장 뒤쪽이지? 들판이랑 가깝긴 한데……."

그 뒷말은 듣지 않아도 뻔했다. 창문을 닫아 두면 그런 소리 따윈 안 들리지 않느냐는 얼굴이었다.

물리적으로 들리는 소리야 그렇다. 하지만 내 귀에 들리는 소리는 진짜 잎사귀들이 부딪쳐 내는 소리가 아니다. 그 안에 숨어 있는 이름 모를 것들의 소리다.

"무슨 일이야?"

그렇게 물은 건 다름 아닌 영이었다. 민주가 대답했다.

"미래가 기숙사 방을 바꿀 수 있냐고 물어봐서 말이야."

"방을 바꾸게?"

영이 이번에는 나에게 물었다.

"응, 그냥…… 집중이 잘 안 되는 것 같아서."

"그런데 지금은 비어 있는 방이 없어서 일대일로 방을 교환하는 거 아니면 바꿀 수가 없거든."

민주의 말에 영이 뭐가 문제냐는 듯 입을 열었다.

"그럼 내 방이랑 바꾸면 되잖아."

"영이 네 방이랑?"

내가 놀라며 묻자 영이 고개를 끄덕였다. 물론 나로서는 좋은 일이었다. 영과 바꾸는 편이 훨씬 편하다.

"난 짐 별로 없으니까 바로 옮길 수 있을 것 같아. 미래는 어때?"

생각보다 훨씬 쉽게 결정되었다.

"고마워. 나도 짐은 많이 없으니까 오늘 밤에 옮길 수 있을까?"

"좋아."

우리 이야기를 듣던 민주가 입을 열었다.

"그럼 바꾸고 나서 나한테 말만 해 줘. 명패를 바꿔 놔야 하니까."

"고마워, 민주야."

별것 아니라는 듯 어깨를 으쓱이던 민주가 생각났다는 듯 말을 덧붙였다.

"그러고 보니 작년 이맘때도 누가 비슷한 이야기를 했는데."

"비슷한 이야기라니?"

"들판 소리가 시끄러워 죽겠다고 그랬어."

"누가?!"

생각보다 커져 버린 목소리에 민주가 놀란 눈으로 나를 쳐다보았다. 얼른 표정을 가다듬으며 머쓱하게 웃어 보였다. 민주는 잠시 기억을 더듬는 듯했다.

"누구더라? 오래전 일이라서……."

나는 초조한 기색을 감춘 채 민주의 대답을 기다렸다. 누구든 좋았다. 내가 들은 것을 느낀 사람이 있다면, 그것만으로도 안도감이 들 것 같았다.

"아, 재희야. 김재희!"

나는 기억 속에서 그 이름을 찾아냈다. 2학년 때 같은 반이었지만 제대로 이야기를 해 본 적은 없고, 겹치는 관심사도 없었던 아이다. 반에서는 늘 조용한 이미지였고.

"그때도 남는 방이 없어서 못 바꿔 줬는데."

"그랬구나."

고개를 끄덕이며 생각했다. 재희를 만나면 들판의 소리에 대해 물어봐야겠다고.

*

커튼으로 가려 둔 창문이 신경 쓰였다. 최대한 창문 쪽을 보지 않으며 짐을 정리했다. 짐이라고 해 봤자 별것 없어서, 캐리어 하나와 박스 두 개에 다 들어갔다. 방은 다시 텅 비었다.

혹시나 빠뜨린 물건이 없는지 한 번 더 확인했다. 물론 놓고 간 게 있다면 영이 나에게 가져다주겠지만, 그런 수고를 끼치고 싶지 않았다.

"오히려 여기 와서 더 멀어진 기분이 든단 말이지."

우주에 있을 때보다 영의 생각을 더 짐작할 수 없다. 육체라는 포장지 안에 싸인 영의 영혼이 풀 수 없는 미제처럼 보였다.

그런 생각에 잠겨 마지막으로 책상을 훑던 내 눈에 뭔가가 들어왔다. 책상 선반 아랫면에 종잇조각이 비죽 솟아 나와 있는 게 보였다. 원래는 책이 꽂혀 있어 눈에 띄지 않았는데, 방을 바꾼다고 선반에 있는 책을 다 빼놓아서 보이는 거였다.

"응?"

선반 아랫면을 손으로 쓸어 종이를 잡아당기자 손바닥만 한 쪽지가 나왔다. 익숙한 글씨체로 주소가 하나 적혀 있었다.

"……노던주 카타추타 공원 레드 센터 웨이?"

기억에 없는 낯선 외국 주소였다. 종이를 잡은 손가락을 옮기니 가장 아랫부분에 가장 중요한 단어가 하나 더 쓰여 있는 게 보였다.

한성제.

누군가가 뒤통수를 쾅 때린 기분이었다.

쪽지를 든 채 그 자리에 멍하니 섰다. 이럴 수가 있는 걸까? 분명 쪽지에 적힌 건 내 글씨체다. 그걸 못 알아볼 리는 없다. 그러나 아무리 기억을 뒤져도 내가 언제 이런 주소를 썼는지 그리고 왜 한성제의 이름이 같이 적혀 있는 건지는 알 수가 없었다.

분명히 뭔가가 있다. 나는 모르는 무언가가.

아주 공을 들인 계획이다. 방을 옮긴다고 짐을 전부 빼지 않았더라면 쪽지가 여기 숨겨져 있다는 걸 영영 몰랐을 것이다.

"카타추타 공원."

얼른 휴대폰을 들어 그 명칭을 검색했다. 그러자 곧 붉은 바위들이 펼쳐진 거대한 대지의 이미지가 떠올랐다.

"울룰루, 세상의 중심······."

주소의 장소는 호주에서 유명한 자연 관광지였다. 지구에서 가장 커다란 바위라고 불리는 곳.

그게 어디든, 내 관심을 끈 건 그곳이 호주라는 점이었다. 언젠가 어렴풋이 들었던 이야기가 떠올랐다.

"한성제가 호주에서 전지훈련을 했다고 했잖아."

내 방, 내 글씨로 적힌 호주 주소. 그리고 한성제의 전지훈련 장소. 마지막으로 한성제가 나에게 말한 것.

"편지."

지금 시대에 편지 같은 아날로그 방식은 오히려 흔적이 남지 않는다. 받는 사람의 주소만 확실하다면 보내는 사람의 이름이야 가명을 쓰면 되니까.

분명히 뭔가 있다. 그리고 그것을 나만 모르고 있다. 한성제에게 물어보면 답을 해 줄까?

한성제의 이름이 적힌 쪽지를 손에 꽉 쥐었다. 적어도 이번엔 들이밀 증거가 있다.

"뭘 그렇게 보고 있어?"

뒤에서 들려온 목소리에 손에 들고 있던 쪽지를 빠르게 주머니에 넣었다. 고개를 돌리니 영이 서 있었다. 자신의 짐을 들고 있는 걸 보니 방 옮길 준비를 전부 마친 모양이었다.

"아, 벌써 왔어?"

"취침 벨 울리기 전에 옮기는 게 좋을 것 같아서. 너도 짐 다 싼 거지?"

"응."

영이 들고 온 짐을 바닥에 내려놓았다.

"방 바꿔 주겠다고 해서 고마워."

"나야 여기서 산 지 오래됐잖아."

아무렇지도 않게 대답하는 영을 보면서 이상한 기분이 들었다.

영은 이곳에서 하루하루를 고스란히 느껴 가며 살아왔다. 그리고 지금의 내가 아닌, 육체로서의 장미래도 봐 왔을 것이다.

"왜 그래?"

내 표정이 이상했는지 영이 물었다. 나는 대답 대신 다른 것을 물었다.

"합일 이전의 나는 어땠어?"

이번엔 영의 표정이 이상해졌다.

"미래야, 너 무슨 일 있어?"

"……아니야, 그냥 궁금해서."

하지만 영의 투명한 눈이 깊은 바다처럼 일렁였다. 동시에 파도가 나를 덮었다. 밀려오는 물의 감촉, 온도, 보글거리는 물방울까지 전부 느낄 수 있었지만 나는 여전히 그 이유를 알지 못했다.

이건 어디서 와서 어디로 흘러가는 파도인가. 파도가 치는 이유는 무엇인가.

파도의 손을 뻗친 채 영이 가만히 입을 열었다.

"넌 여전히 거짓말을 못 하네."

"응?"

"예전에도 그랬거든. 미래, 넌 거짓말을 할 때 늘 내 시선을 한 번 피해. 그러고는 다시 나를 보지. 마치 내가 알아챘는지 확인하는 것처럼 말이야."

그 말에 얼굴이 굳었다.

"그런 말, 한 번도 한 적 없잖아."

"네가 이렇게까지 안 변했을 줄 몰랐으니까. 그리고 말했다고 한들 달라지는 것도 없었을 테고."

그렇게 말하는 영의 얼굴은 내가 처음 보는 얼굴이었다. 아직도 처음 보는 게 있다니. 뭔가 불공평하다는 생각이 들었다.

"넌 나를 너무 잘 아네."

내 말에 영이 어깨를 으쓱였다.

"당연하지. 우리가 지낸 시간이 있는데."

"그런데 난 왜 너를 하나도 모르겠지?"

그렇게 말한 나는 영의 눈을 바로 들여다보았다.

순간 영의 눈에 다른 감정이 깃들었던 것도 같다. 그러나 그 감정은 내가 읽어 내기도 전에 눈 녹듯 사라져 버렸다.

"미래야."

영이 내 이름을 불렀다. 맞은편 영의 얼굴은 어딘지 모르게 서늘했다.

"지구에 있는 게 힘들어지면 언제든 말해."

"그게…… 갑자기 무슨 소리야?"

"미래, 네가 여기 있는 거 나 때문이잖아. 그러니까 힘들면 말하라고. 언제든지 보내 줄 수 있어."

그렇게 말하는 영의 얼굴은 평소와 똑같았다. 깊고 투명한 눈동자, 그동안 계속 읽어 보려고 애썼지만 결국은 실패한 표정.

"보내 줄 수 있다는 건 무슨 뜻인데?"

"말 그대로지. 나 때문에 이곳에 남아 있겠다고 한 거니까, 내가 위에 말을 하면 다른 사람으로 충분히 바꿔 줄 수 있을 거 아니야. 그럼 넌 이곳에서의 일은 잊어버리고 그냥 다시 우주로 가면 돼."

생각났다. 전전생에 왜 한영과 헤어졌는지.

"그래, 그때도 넌 이랬어."

갑작스러운 내 말에 영이 무슨 소리냐는 듯 쳐다보았다.

"넌 헤어지는 걸 아무렇지 않게 여기잖아. 이전에 우리가 헤어질 때도 그랬어. 내가 할 수 있는 일이 없으니까 더 이상 에너지 소모하지 말고 각자 갈 길을 가는 게 맞다고."

나름대로 영원할 것 같았던 사랑이 깨진 건, 영이 어떤 존재인지 안 다음의 일이었다.

영은 몸에 있는 판결 주문을 어디에도 내놓고 싶지 않아 했다. 이미 정해진 일이 있다면 그건 어쩔 수 없이 벌어져야만 하는 일이라며, 그걸 바꾸는 것 자체가 더 큰 문제를 만든다고 생각했던 것이다.

그러나 영의 생각과는 상관없이 위에 있는 사람들은 언제고 영이 가지고 있는 판결 주문을 원했다. 그래서 영은 도망쳐야만 했고, 나는 그 도주에 함께하겠다고 했다.

그때 내가 뭐라고 했더라. 아마 이렇게 말했을 것이다.

"네가 어떤 존재건, 그건 우리 사이와 관계없는 일이야. 그러니까 내가 함께할게."

하지만 돌아온 대답은 내가 생각했던 게 아니었다.

"우리 이만 헤어지자."

나는 영과 앞으로 어디로, 어떻게 도망쳐야 할지 생각하느라 그 말에 곧바로 대답하지 못했다. 상당히 멍청한 표정을 짓고 있었을 것이다.

영은 친절하게도 대답을 한 번 더 되풀이해 주었다.

"헤어지자, 미래야."

그 말에 맥이 탁 풀리고 말았다. 영의 눈동자는 앞으로 무슨 일이 일어날지 다 아는 듯했다. 그걸 보며 나는 절망감을 느껴야만 했다.

영의 눈은 이렇게 말하고 있었다.

정말로 아직도 내가 어떤 존재인지가 관계가 없다고 생각해?

그제야 나는 영을 사랑한다는 게 어떤 것인지 확실히 알았다.

영은 마음만 먹으면 우리의 사랑이 어떻게 끝날지 전부 알 수 있었다. 그리고 아마 보았을 것이다. 그렇기에 저렇게 확실하게 말할 수 있었던 것일 테고.

영의 침묵은 확고했다. 이미 정해진 흐름대로 모든 것이 흘러가는 걸 굳이 보고 싶지 않다는 거였다. 언젠가는 사그라들 사랑을, 변해 갈 마음을 꼭 전부 느낄 필요가 있냐는 말이었다.

내가 할 수 있는 대답은 없었다. 내가 영에게 줄 수 있는 건 언젠가는 변할 마음과 찰나의 사랑이 전부였으니까. 영의 존재는 그런 사소한 것을 받아들이기엔 이미 너무 달라져 버렸다.

그래서 영과 헤어졌다.

아니, 정확히 말하면 헤어진다는 옵션 말고 다른 것이 존재하지 않았다. 그래서 울며 겨자 먹기로 헤어졌다. 다시는 영을 만나고 싶지 않다고 생각하며 이를 갈았던 것도 같다.

하지만 인간은 망각의 동물이고, 몸을 바꾸면서 기억이 더욱더 희미해져 또다시 이렇게 영을 만났다.

덕분에 똑같은 말을 또 들어야 했다. 한숨이 나왔다.

"또 헤어지자는 거야? 이제는 내가 필요 없다는 거잖아."

날카로운 내 물음에 영이 이마를 짚었다.

"미래야."

"네가 날 고른 거야. 그래서 내가 내려올 수밖에 없었다고. 안 그래?"

그 질문에 영은 대답하지 못했다.

"내가 지구에 내려올 수밖에 없게 만들었잖아, 네가. 그래 놓곤 큰일 하나 넘기고 나니까 이제는 됐다 싶은 거냐고."

"그런 거 아니야."

"그런 게 아니라면 뭔데? 말을 해 봐. 난 궁금해. 네가 무슨 생각을 하고 있는지. 그때도 지금도 왜 이렇게 나를 보내지 못해서 안달인 건지 궁금해."

"내가 너에게 아무 신경도 안 쓴다면 오늘 이렇게 방을 바꾸는 일도 없었을 거야."

나는 코웃음을 쳤다.

"그럼 왜 우주로 가 버리라고 한 건데?"

눈물이 나올 것만 같았다.

나는 꿈쩍도 하지 않은 채 영을 노려보았다. 영은 뭔가 말하려다가 다시 입을 다물었다.

레시피 1. 장미래

"그래, 됐어. 대답할 거라고 생각도 안 했어."

나는 짐을 들고 그대로 밖으로 나왔다. 뒤에서 문이 닫히는 소리가 났다. 영은 따라 나오지 않았다. 영다웠다.

캐리어와 박스를 든 채 복도에 가만히 서 있으려니 이상하게 내가 쫓겨난 것만 같았다. 이래서야 예전과 똑같다. 두 번이나 육체를 바꿨어도 영혼은 바뀌지 않은 탓일까. 우리의 결말은 결국 또 이렇게 되어 버리는 걸까.

머리 위 전등이 깜박거렸다. 지금 내 마음처럼.

"아, 나도 그냥 쉰넷이나 아흔다섯의 육체를 선택할걸."

그럼 적어도 이런 일에 좀 더 무던하게 대처할 수 있지 않았을까. 하지만 이제 와선 바꿀 수도 없다.

"난 그냥 힘이 되어 주고 싶었던 건데……."

그때도 지금도 마찬가지다. 하지만 영은 아니었다. 영이 바라는 게 뭔지 알 수 없었다.

"그럼 아예 다시는 내 앞에 나타나지 않았으면 됐잖아."

이곳에 영이 있다는 걸 몰랐다면 그대로 다 잊고 살 수 있었다.

거기까지 생각하자 눈물이 핑 돌았다. 역시나 감정 과잉 상태다. 우주선에 있었더라면 베가가 심리 상담을 받아 보라고 했을 것이다. 나 역시 이 상태가 낯설었다.

"왜지. 열아홉 살이라서 그런가."

진짜 열아홉 살 때의 내가 어땠는지 생각해 보려고 했지만, 너무나 오래된 기억이라서 영 떠오르지 않았다.

같은 열아홉이라고 해도 그때와의 간극은 엄청나다. 전생을 세 번쯤 겪은 지금의 나에게 이 시간은 참으로 위태롭고 동시에 쓸모없다. 문제는 쓸모없다는 걸 알면서도 내가 여기 있는 것을 선택했다는 것이다.

사실 영의 말이 맞다. 마음에 들지 않으면 언제든 떠나도 된다. 겉으로는 상부의 명령에 따르고 있는 형식이지만, 영을 지키는 임무는 오로지 나에게 달려 있다. 다시 우주로 돌아가고 싶다고 말하면 위에서는 그렇게 하라고 할 것이다.

"하지만 이렇게 쉽게 버리고 싶진 않다고."

일이 어떻게 꼬이든, 아직은 영의 곁을 떠날 마음이 들지 않았다. 오로지 그거였다. 지금은.

오래 살다 보니 자연스럽게 알게 된 것 중 하나는, 사랑에 빠지는 일은 생각보다 그리 흔하지 않다는 점이었다. 그럴 만한 상대, 그럴 만한 타이밍, 그럴 만한 마음이 전부 한 궤도에 올라 호흡을 맞추는 건 어려운 일이었다.

그리고 영은…….

그 모든 호흡을 한 번에 궤도에 올려놓을 수 있는 힘을 가지고 있다. 사랑에 빠지면 안 될 타이밍인데도 그렇다.

그래서 이렇게 벗어나지 못하게 만든다.

어쨌든 이미 일어난 일이다. 영을 사랑해 버린 것도, 지구에 남아 있기로 결정한 것도. 아무것도 알 수 없어 너무 불안하지만, 그래도 계속해야만 한다. 그게 내가 할 수 있는 일의 전부였다.

*

방을 바꾼 후, 나는 영과 제대로 된 이야기를 나누지 않았다. 영도 굳이 나에게 먼저 다가오지 않았다. 나는 모든 일에 제대로 갈피를 잡지 못했다. 어디로, 어떻게 가야 하는 건지 도저히 알 수 없었다.

"정신 차려, 장미래."

조그만 목소리로 중얼거렸다. 분명 이곳엔 내가 모르는 뭔가가 있다.

나는 운동장 너머에 끝없이 펼쳐져 있는 짙은 초록빛 바다를 보았다. 흔들리는 풀들의 모습을 바라보다가 시선을 돌렸다. 운동장 스탠드 계단에 앉아 있는 여자애가 눈에 들어왔다.

혼자 그곳에 앉아 동영상을 보고 있는 애는 김재희였다. 바람이 불 때마다 김재희의 꽉 올려 묶은 머리칼 끝이 흔들렸다.

기억 속 김재희는 대부분 혼자였다. 가끔 그런 애들이 있지 않은가. 일부러 나서서 다른 사람과 섞이지 않는 부류들. 재희는 그런 부류의 학생 중 하나다. 그리고 지금 나에겐 들판의 소리와 관련해 정보를 줄 수도 있는 사람이다.

한 번 숨을 들이마신 후, 나는 스탠드 쪽으로 걸음을 옮겼다. 사실 이보다 더 급한 일이 많다는 건 잘 알고 있다. 영과 터놓고 이야기를 해야 했고, 한성제에게 쪽지에 쓰인 주소와 편지에 대해 물어봐야 했다.

그러나 용기가 나지 않았다. 그건 아무도 가 보지 않은 행성을 탐험하겠다고 자원하는 일보다 더 힘들었다. 영의 투명한 시선을 마주하거나 한성제의 날카로운 대답을 듣는 일보다 행성 탐험이 더 쉽다는 뜻이다.

"이것도…… 내가 열아홉 살이 되어서 그런 건가."

죽기보다 하기 싫은 게 많을 시기이긴 하다.

하지만 언젠가는 마주쳐야 할 일이다. 언제까지나 피할 수는 없다는 걸 나도 안다. 그래서 이런 식으로 변죽을 울리면서 상황을 피해도 되는 이유를 나 자신에게 만들어 주는 것뿐이다. 변죽을 울리려고 마음먹은 이상, 그거라도 잘해야 한다.

"재희야."

스탠드 계단 위에서 불렀지만 재희는 미동도 없었다. 재희의 귀와 연결된 이어폰 줄이 보였다. 조금 더 가까이 다가가자 어깨 너머로 그 애가 보고 있는 영상이 보였다.

"어……?"

영상 속 붉은 바위는 분명 내가 찾아보았던 사진 속 바위와 똑같았다.

재희는 쪽지 속 주소의 장소인 호주의 울룰루를 가만히 들여다보고 있었다. 그 아래에 띄워진 메모장에는 주소처럼 보이는 것이 적혀 있었다.

그걸 본 순간, 싸한 기운이 뒷덜미를 지나쳤다.

"어째서……."

그제야 김재희가 이어폰을 빼고 뒤를 돌아보았다. 나를 알아본 재희는 바로 영상을 껐다. 시선에 당황이 묻어났다.

"뭔데?"

예민함이 가득 담긴 목소리로 재희가 물었다.

"그거, 울룰루지?"

재희의 눈썹이 살짝 들렸다. 날카로운 시선이었다. 하지만 나는 그 시선 끝이 흔들리고 있다는 걸 알아차렸다. 뭔가를 숨기고 있는 것이다.

"그게 왜?"

어차피 들켰으니 숨길 수 없다고 생각한 건지, 재희는 아니라고 부정하지 않았다.

"한성제가 전지훈련 갔던 곳이잖아."

최대한 평온한 투로 말했다. 목요일에서 난 많은 것을 배웠다. 그중 이런 식으로 심리전을 벌이는 것도 있었다.

순간 내 대답에 휩쓸린 재희는 거의 고개를 끄덕일 뻔했다. 하지만 가까스로 고개를 멈추곤 이렇게 물었다.

"……그걸 내가 어떻게 알아?"

김재희의 반응에 내 생각이 전부 맞았다는 걸 알았다. 어떤 이유에서인지는 몰라도, 한성제의 전지훈련지 주소가 나에게 있다.

재희가 묘한 표정으로 나를 바라보았다. 익숙한 표정이었다. 한성제가 세종고로 돌아왔을 때 나를 보며 지은 표정과 비슷했으니까. 뭔가를 확인해 보고 싶은 얼굴. 그러면서도 무언가를 숨기고 싶어 하는 표정.

"들판 소리를 들었다며?"

나는 바로 다른 걸 물었다. 생각지 못한 허점을 찌르는 건 공격의 기본이다.

생각한 대로 김재희의 표정이 변했다. 이번에도 내가 올바른 곳을 찔렀다는 걸 알 수 있었다. 살짝 커진 눈동자와 빠르게 깜빡이는 눈, 초조한 듯 입술을 핥는 혀 같은 비언어적인 행동이 나에게 더 많은 것을 말해 주었다.

동시에 영이 나를 이렇게 읽어 냈다는 걸 깨닫고는 마음이 불편해졌다.

"그게 뭔데? 이상한 소리 하려고 부른 거면 이만 가 줄래? 이런 이야기할 시간 없거든."

재희는 또 거짓말을 했다. 나는 들판의 소리가 뭐든, 그것 역시 김재희가 숨기고 싶은 것 중 하나라는 걸 알았다.

"이제는 그 소리가 안 들리나 보네. 민주가 작년에 네가 그 소리를 들었다고 하던데."

"······아."

잠깐 침묵한 재희가 입을 열었다.

"나를 떠본 거구나?"

"네가 아니라고 부정한 거겠지."

재희는 나를 가만히 쳐다보다가 입을 열었다.

"정말로 모르는 거야?"

이번에는 내가 물어볼 차례였다.

"뭘?"

그러나 대답은 돌아오지 않았다. 대신 재희는 눈을 감고 뭔가를 중얼거렸다. 짧은 말을 마치고 눈을 뜬 재희가 곧 다시 나를 바라보았다.

"그걸 왜 나에게 물어보는지 몰라도, 너와는 관계없는 일이야. 너는 다른 사람이잖아."

*

다른 사람. 한성제에게도 들은 말이다.

"다르다고······."

물론 다르긴 하다. 나는 이 지구에서 유일하게 육체와 영혼이 합일한 인간이니까.

"하지만 그걸 저 애들이 알고 있을 리가 없는데."

어쩐지 좋지 않은 예감이 들었다.

머리 위로는 너른 하늘이 펼쳐져 있었고 날씨는 점점 더 더워졌다. 아직 봄이었지만, 학교를 둘러싼 들판은 계속 더욱 짙어졌다. 마치 자신들이 여기 있다는 걸 알리기라도 하는 것처럼.

분명히 뭔가가 있다. 지금의 지구는 내가 알던 곳이 아니다. 무언가가 변했다. 혹은 계속해서 변하고 있다.

그래도 알아낸 게 아예 없진 않다. 김재희와 한성제는 꽤 잘 아는 사이인 듯했다. 별관 뒤편에서 둘이 이야기하는 걸 우연히 봤다. 거리가 멀어 무슨 이야기를 하는 건지는 듣지 못했지만, 적어도 둘 사이에 뭔가가 있다는 건 알 수 있었다.

쏴아아, 쏴아아―.

창문 너머 바람에 흔들리는 들판이 나를 쳐다보았다.

들판만이 아니었다. 시야 끝에 나를 흘깃흘깃 쳐다보는 학생들의 시선이 느껴졌다. 고개를 돌리면 시선들은 바로 사라졌다. 하지만 없어지는 것은 아니었다. 방심하면 금방 다시 붙었다. 마치 몸에 걸려 버린 거미줄 같았다. 살갗 어딘가에 달라붙은 건 확실한데, 눈으로 봐도 잘 보이지 않는다는 점이.

이 모든 게 살아 있는 것만 같았다.

물론 엄밀히 말한다면 육체들 역시 살아 있는 건 맞지만, 나는 점점 그들이 독립된 개체처럼 느껴졌다.

"마치 진짜 인간처럼……."

아니, 그럴 리가 없다.

그 생각이 들자마자 고개를 세차게 내저었다. 어떻게 그럴 수가 있단 말인가. 저건 그냥 잘 만들어진 육체들일 뿐이다. 그 이상도 이하도 아니다.

아니어야만 한다.

촤악!

이번 소리는 들판의 풀들이 내는 소리가 아니었다. 물방울이 사방으로 튀었다. 새파란 물을 가르며 한성제가 이쪽으로 오고 있었다. 순간, 그 애가 가로지르는 물이 푸른 풀처럼 보였다. 들판 위를 유영하는 한성제는 자유로운 새 같았다.

내 쪽으로 온 한성제가 수면 밖으로 모습을 드러냈다. 그 애의 목덜미와 어깨에서 물방울이 떨어지는 게 보였다. 잘 만들어진 것 중 더 잘 만들어진 것.

물안경을 벗자 한성제의 날카로운 눈이 드러났다.

"여기까지 찾아올 줄은 몰랐는데?"

그렇게 묻는 한성제의 목소리는 단단했다.

나는 바로 주머니에 넣어 두었던 쪽지를 꺼냈다. 시간을 더 끌어 봤자 나에게 좋은 건 하나도 없다.

"네가 말한 편지, 이거야?"

내가 내민 쪽지를 잠깐 쳐다보던 한성제가 달라는 듯 손을 내

밀었다. 그러더니 쪽지를 들고 그대로 수영장 물 안에 넣어 버렸다. 쪽지의 글자들이 순식간에 뭉개졌다.

"너, 지금 뭐 하는……?!"

한성제는 젖어서 쓰레기가 된 쪽지를 보란 듯이 내 앞에 올려두었다.

"너한테는 쓸모없는 거잖아."

"이 정도로 반응이 올 줄은 몰랐는데."

"뭐?"

고개를 좀 더 숙여 한성제와 더 가까이에서 눈을 마주쳤다. 정말로 알고 싶었다. 저 눈동자 뒤에 무엇이 자리하고 있는지. 이 애의 프로그램은 어떤 식으로 돌아가기에 지금 이런 상황을 만들어 내는 건지.

"이게 아무것도 아니라면 네가 이 정도로 반응하지는 않았을 거 아니야."

"……."

한성제는 대답하지 않았다.

"그러니까 이제 뭘 숨기고 있는 건지 말해."

내 말에 한성제가 피식 웃었다. 그 애의 뺨을 따라 물방울이 떨어져 내렸다.

"숨기고 있다고? 내가?"

"그렇지 않다면 왜 네 주소가 내 방에 있는 거지? 그때 말한 편지라는 건 뭐고?"

내 말에 한성제의 표정이 변했다. 바닥을 짚고 있는 손등에 힘줄이 올라오는 게 보였다. 한성제는 뭔가를 참아 내고 있었다. 안에서부터 몰려오는 어떤 감정을, 어떤 마음을 꾹 눌러 담는 데 온 힘을 다하고 있었다.

"한성제, 대체 너는 왜 나를…… 그런 얼굴로 쳐다보는 거야?"

결국 그 질문이 입술 밖으로 흘러나왔다.

한성제의 얼굴이 더욱 일그러졌다. 그러더니 공격적인 어조로 물었다.

"내, 표정이 어떤데?"

그 말에 나는 찬찬히 한성제의 얼굴을 살폈다. 그리고 퍼져 있는 감정들을 아주 조심스럽게 하나씩 채집했다. 금방 사라질 것도 있었고, 다른 감정과 많이 뒤섞여 있는 것들도 있었고, 바로 알아차리기엔 너무나 희미한 것들도 있었다. 하지만 나는 열아홉의 몸 안에 있는 이백 살도 넘는 영혼이다. 그리고 꽤 쓸 만한 연구원이고.

"첫 번째로 두려움. 생각보다 많아. 하지만 어째서? 보통 동갑내기 친구들끼리는 그런 감정을 느끼지 않을 텐데."

한성제의 눈동자가 흔들렸다. 나는 그 파동 역시 읽어 냈다.

"동시에 그 두려움을 이길 수 있다는 믿음……. 아니, 믿음보다는 믿고 싶다는 안간힘에 가까워."

참으로 인간적인 징후들이었다. 인간이야말로 최후의 최후까지 그러지 않나. 자신에게만큼은 뭔가 다른 것이 있을 거라고 기대하면서.

"그보다 더 작은 희망. 그 희망을 덮는 큰 불안감. 그리고 후회. 동시에 이 모든 것에 대한 책임을 져야 한다는 결단력."

한성제의 얼굴에서 몇 겹의 감정을 걷어 내고 나서야 나는 그 애의 눈가가 새빨개졌다는 걸 알아차렸다.

새파란 수영장, 새빨갛게 달아오른 눈과 뺨. 푸른색 위에서 빨간색은 더욱더 강렬하게 보였다.

여러 감정을 걷어 낸 자리엔 이제 단 하나의 감정만이 남아 있었다. 마치 모든 것이 날아간 후에도 판도라의 상자 안에 남아 있었던 희망처럼.

"……사랑."

내 입술에서 그 단어가 흘러나온 순간, 한성제의 치뜬 붉은 눈가에서 물방울이 뚝 떨어졌다.

그게 눈물인지, 아니면 그냥 속눈썹에 맺혀 있던 물이었는지 구별할 순 없었다.

한성제의 어깨가 가만히 떨렸다. 그 애는 내 말에 긍정도 부정도 하지 않은 채 그저 침묵을 지켰다. 한성제가 있는 곳에 물결이 치는 걸, 나는 가만히 내려다보았다.

그리고 그제야 내가 무슨 말을 한 건지 깨달았다.

사랑이라니.

그럴 수는 없다. 그것이야말로 가장 인간적인 감정이 아닌가.

처음으로 로봇이라는 개념이 이야기에서 등장하기 시작했을 때 어떤 이가 만들어 냈던 로봇의 3원칙처럼, 지구인들 역시 지구에 살 육체를 만들어 낼 때 몇 가지 원칙을 세웠다. 그중 하나는 육체가 사랑이라는 감정을 가지지 못하게 한다는 것이었다. 즉, 사랑은 지구의 육체들에게 허락된 것이 아니다.

그건 당연한 조치였다. 사랑은 자아의 개념을 확대하는 일이다. 자신보다 우선시되는 다른 개체가 생긴다는 의미다. 사랑 때문에 자신을 희생하거나 자신이 사랑하는 존재를 위협하는 다른 개체를 공격할 수도 있다.

그런 위험한 감정을 육체들이 가지게 둘 순 없는 일이었다. 그들은 어디까지나 영혼을 위한 온순한 육체들로 살아가야 했다. 서로에 대한 적절한 배려와 상냥함은 필요했지만, 사랑 같은 건 필요치 않았다.

"그런데 왜……."

왜 한성제의 눈동자에는 저 애가 가져서는 안 되는 감정이 일렁이고 있는 거지.

너무나 생생하다. 손을 뻗으면 바로 잡힐 것만 같다.

순간 나도 모르게 손을 뻗었다. 그랬던 것 같다. 내 움직임을 막은 건 한성제의 목소리였다.

"아니잖아."

어정쩡하게 뻗은 손 그대로 멈췄다. 한성제의 목소리는 떨리고 있었다.

뭐가 아니냐고 물어보려고 했다. 하지만 내가 묻는 것보다 한성제의 말이 더 빨랐다.

"넌 미래가 아니잖아."

*

불안이 파도처럼 밀려왔다. 동시에 머릿속에서 다른 파도가 쳤다. 지금까지 바꾼 네 개의 육체 중 하나는 조개껍질이었고, 그 후로 가끔 이런 파도 소리가 들리곤 했다. 이 역시 육체가 영혼에 영향을 남긴 흔적이었다.

흔적이 있다면 사라지는 것도 있다. 깃들어 있는 영혼은 늘 같은데, 이상하게도 그전의 기억들은 육신을 옮길 때마다 희미해졌다. 마치 전생처럼.

하지만 나는 알고 있다. 아까 본 한성제의 표정은 앞으로 육체를 몇 번을 옮긴다고 해도 내 기억 속에 남을 거라는 걸. 붉게 달아오른 뺨이, 떨리던 목소리가 아직도 너무나 생생했다.

불도 켜지 않은 기숙사 방에 틀어박혀 있던 나는 자신의 표정이 어떠냐고 물어본 한성제의 질문이 나에 대한 공격이라는 걸 뒤늦게 깨달았다. 그 애의 공격은 면도칼처럼 아주 얇고 가늘어서, 처음엔 다친 줄도 모르고 있다가 나중에 보니 피가 철철 나고 있었다.

나는 한성제가 보여 준 것에 대해 생각했다. 그 애의 생생한 감정들과, 사랑…….

"아니야."

아니라고. 그건 사랑이 아니야. 사랑일 수 없어.

사랑이 아니어야만 해.

머리를 부여잡았다. 하지만 생각들은 계속해서 여러 갈래로 발산하기만 했다. 나를 둘러싸고 있는 모든 건 잘 정돈되어 있었지만, 이젠 그런 것에조차 숨은 의미가 있는 것만 같았다. 지구에 온 후 계속해서 느껴지던 기묘한 불안이 실체를 입고 모습을 드러내려고 했다.

"……아니야, 생각하지 말자."

그러나 한성제의 말이 다시 귀를 울렸다.

넌 미래가 아니잖아.

도대체 무슨 말인지 이해할 수 없었다. 한 가지 확실한 건, 한성제는 분명 나를 알고 있다. 그것도 생각보다 잘 알고 있다.

"그런데 왜 내 기억 속엔 한성제가 없는 걸까."

중요한 퍼즐 조각 하나가 어디론가 굴러떨어진 것 같은 느낌이었다. 아무리 머리를 굴려도 그게 뭔지 알 수 없었다.

멍하니 침대 끝에 앉아 책상 위에 세워 둔 거울을 보았다. 거울 안에 내 얼굴 반쪽이 비쳤다.

깜박.

"응?"

방금 분명히 뭔가가. 거울 속 광경 중 뭔가가 바뀌었다.

뭐지?

얼른 사방을 둘러보았다. 전부 그대로였다. 거울에 비친 다른 것들을 확인하고 다시 내 얼굴로 시선이 돌아온 순간.

깜박.

온몸의 피가 차갑게 얼어붙었다. 눈길을 돌릴 수도 없었다. 움직인 건 나였으니까.

거울 속 내가 눈을 깜박였다. 보란 듯이.

그리고 살짝 위로 올라가는 입꼬리.

나는 나를 가만히 응시했다.

아니, 응시하고 있는 건 내가 아니다. 나는 응시당하고 있었다. 거울 속의 나에게.

소름이 끼쳤다.

대체 저건 뭐야. 뭐길래 거울 속에서 나를 바라보고 있는 거야?

시선을 돌리고 싶었다. 도망치고 싶었다. 그러나 시선을 돌리는 순간 거울 속의 내가 이쪽으로 나와 버릴 것 같았다.

숨이 턱 막혔다. 다리가 제대로 움직일 것 같지 않았지만 그래도 도망쳐야 했다. 마음속으로 숫자를 셌다.

하나, 둘……, 셋.

쾅!

침대에서 구르듯 내려와 그대로 기숙사 방문을 밀어젖히고 뛰었다. 다른 생각은 들지 않았다. 그저 저것으로부터 도망쳐야 한다는 마음뿐이었다.

기숙사 복도는 어둠에 차 있었다. 뛰는 내내 돌아보지 않았다. 뒤를 돌아보면 내 모습을 한 무언가가 서 있을 것만 같아서.

숨이 턱 끝까지 차올랐다. 모든 게 뒤섞이면서 녹아내렸다.

"헉, 허억……."

아래층 복도까지 도망친 후에야 겨우 달리기를 멈추곤 주저앉아 계단 위를 바라보았다. 다행히 아무것도 없었다.

"대체 뭐였지?"

아직도 거울 속에서 눈을 깜박이던 내 모습이 떠오른다.

넌 미래가 아니잖아.

그 말이 머릿속에 번져 갔다. 내가 아닌 다른 장미래.

차가운 숨결이 퍼져 나갔다. 심장은 100미터 달리기라도 한 듯 미친 듯이 뛰었다.

그동안 잊고 있었던 퍼즐 조각 중 하나가 떠오르려고 했다. 그러나 그게 뭔지 완전히 이해하기도 전에 창문 바깥으로 뭔가가 보였다. 몸이 흔들렸다.

식은땀이 등 뒤로 주르륵 흘러내렸다. 동시에 파동이 느껴졌다. 파도처럼 퍼진 파동이 내 위를 지나쳤다.

휘청.

복도 천장에 달린 전등이 한 번 흔들렸다. 아래 비친 내 그림자도 함께 흔들렸다.

온다. 뭔가가 오고 있다.

밖이다. 얼른 자리에서 일어난 나는 창문을 열었다. 그건 직감으로밖에는 설명할 수 없는 행동이었다.

창문의 네모진 모양대로 잘린 밤하늘. 그 위를 무언가가 긴 꼬리를 휘날리며 가로질렀다. 밝게 타오르는 별이었다.

"별똥별."

우주에서 지구로 직행할 수 있는 유일한 것.

나는 저것이 지구 밖의 누군가가 나에게 보내는 메시지라는 걸 직감으로 알아차렸다. 별똥별이 날아가는 위치를 확인하고선 바로 밖으로 뛰어나갔다.

기숙사 밖에 나오니 별똥별이 연달아 떨어졌다. 별을 쫓아 기숙사 뒤편으로 향했다. 하지만 곧 걸음을 멈춰야 했다.

"……!"

내 앞에 펼쳐진 거대한 들판이 한눈에 빠듯하게 들어왔다. 이쪽으로 몰려오는 바람에 머리칼이 날렸다. 앞을 가로막는 물리적인 벽은 없었지만, 바다처럼 일렁이는 들판의 모습에 저절로 발

걸음이 멈췄다.

수영장 발코니에서 본 장면이 떠올랐다.

높게 솟은 풀들 사이로 움직이던 무언가, 나를 바라보던 화살 같은 시선. 그리고.

그리고 긴장하고 있던 들판.

입술을 깨물었다. 어둠에 잠긴 들판은 낮에 본 것보다 훨씬 더 위험해 보였다. 저 안에 뭐가 있는지 알지도 못하면서 들어가고 싶진 않았다. 하지만 별똥별 하나가 보란 듯이 내 머리 위를 지나 밤하늘을 가로질러 들판 너머로 향했다.

별똥별의 깜박임을 확인했다. 길고 짧은 깜박임은 오래된 암호다. 별똥별은 밤하늘을 날아가는 내내 단 한 마디만을 말하고 있었다.

따라와.

그건 나만 읽을 수 있는 암호였다. 나는 숨을 한 번 크게 들이마시곤 그대로 들판으로 뛰어들었다.

낮 동안 태양 빛을 받아 뜨겁게 익은 풀의 냄새가 사방에서 났다. 어지럽다. 죽어 가는 것들의 비명이 향기로 변한 것 같다.

세상이 짙은 청색과 초록색으로 물들어 윙윙 돌았다. 들판은 점점 더 뚜렷해져만 갔다. 그대로 나를 집어삼키려는 것처럼.

거칠 것 없이 자라난 풀들이 어깨와 뺨을 스쳤다. 안쪽으로 들어갈수록 풀들은 점점 더 높아졌다. 나는 들판에 집어 삼켜지고 만다. 위에서 보면 나의 궤적을 따라 흔들리는 풀만 겨우 보일 것이다.

다행스럽게도 고개를 들면 내가 어디로 가야 하는지 확실히 보였다. 하늘에 남아 있는 별똥별의 흔적을 확인하며 계속 달렸다.

그리고 마침내 아무렇게나 자란 풀과 꽃 들 사이로 연기가 피어오르는 게 보였다.

꿈 그리고 별.

커튼처럼 드리워진 풀을 손으로 걷어 내니 곧 별똥별이 떨어진 자리가 보였다. 가운데 움푹 팬 자리를 중심으로 풀들이 누워 있었다. 별똥별이 떨어진 곳 근처는 아예 새카맣게 타들어 갔다. 다행히 마찰이 크지 않았는지 불이 번지진 않았다.

천천히 별똥별이 떨어진 곳을 향해 걸어갔다. 조그만 돌덩이가 하나 있었다.

"저 안에 메시지를 어떻게 넣어 뒀다는 거……."

쩌적!

말을 다 하기도 전에 커다란 소리와 함께 돌덩이가 갈라졌다. 그 안에 이 일의 주동자가 가만히 앉아 있었다.

손바닥만 한 작은 좌상(坐像)은 무엇으로 만든 건지 뜨거운 열 속에서도 살아남았다. 타 버린 건 좌상을 감싸고 있던 무언가인 것 같았다. 까만 좌상은 손을 배 앞에 모은 채 눈을 감고 있었다.

나는 멍하니 그것을 바라보았다. 별똥별 안에 뭔가가 있을 거라고 생각하긴 했지만, 저런 것일 줄은 몰랐다.

"기껏해야 로제타 스톤 같은 것일 줄 알았는데······."

어떻게 해야 저들이 담아 둔 메시지를 읽을 수 있는 건지 몰라 일단 가까이 가 보기로 했다.

깜박.

좌상을 향해 한 발 다가갔을 때, 나는 꿈속에서 느꼈던 감각과 다시 한번 마주해야 했다. 거울 속 내 모습이 그랬던 것처럼 좌상의 눈이 천천히 깜박였다.

놀라서 도망칠 뻔했다. 내가 가지고 있는 모든 침착함을 끌어내 겨우 발을 떼지 않고 버틸 수 있었다.

새하얀 눈동자가 단박에 이쪽을 바라보았다. 새카만 돌로 만들어진 좌상의 얼굴에 박힌 희디흰 눈동자. 그 대비가 불경스럽게 느껴졌다. 있어야 할 자리에 검은자위가 없어서 그렇게 느끼는 걸 수도 있었다.

그러나 그것이 나를 쳐다본다는 건 확실히 알 수 있었다.

이름, 소속.

좌상의 입에서 흘러나온 건 밀코메다 우주 공용어였다.

"······이름, 장미래. 소속, 목요일 기획부 제2소대."

이걸로 본인 확인이 되는지 궁금했다. 지금 내 모습은 우주에서

와는 전혀 다르니까. 좌상의 흰 눈이 나를 위아래로 쳐다보았다.

"확인 완료."

이번에 흘러나온 목소리는 한국어였다. 그래 봤자 여전히 건조했지만.

"상부에서 내려온 지시 사항입니다."

나는 교장실에서 들은 목소리를 떠올렸다.

"일, 지구에서 보호받고 있는 육체들이 공격당할 가능성이 유의미하게 높아짐. 속칭 '종말론자들'의 소행이라고 판단됨. 이, 관련해서 '종말론자들'이 누구인지 알아내길 바람. 삼, 조사단이 꾸려져 지구로 향하고 있음. 최대한 조사단의 활동에 협조하길 바람. 이상."

"잠깐, 조사단이라고?"

내가 지금 제대로 들은 건지 확인하고 싶었다. 하지만 좌상은 내 질문 따위는 듣지 않았다.

"모든 메시지 전달 완료. 자폭합니다."

간단명료한 말과 함께 좌상은 잿더미로 내려앉았다.

"야!"

내 외침은 이미 한 발짝 늦었다.

불어온 바람에 잿가루가 훅 날렸다. 남은 건 좌상이 떨어졌던 자리뿐이었다. 둥그렇게 쓰러진 풀, 불의 향기, 남아 있는 자와 탄 자리 그리고 나.

어안이 벙벙했다.

"조사단이 온다고?"

큰일이다.

이미 위에선 결론을 내린 모양이다. 내게 맡긴 일은 그저 조사단이 오기 전에 하는 전처리 작업 그 이상도 이하도 아니었다.

"조사단이라니."

나 역시 이름만 들었지 한 번도 제대로 본 적 없는 집단이다. 그들의 정체는 비밀에 싸여 있다. 아니, 정확히 말하면 그들의 정체를 알려고 하는 이가 없다고 해야 한다.

그들이 방문한 곳은 모든 게 사라지니까.

그들은 일종의 괴담 같다.

조사단은 은하계 안에서 일어난 큰 사건에 대해 조사한다. 그들의 조사는 꼼꼼하고 확실하다. 그리고 결론마저 완벽하다.

'결론마저 완벽하다'는 건, 다시는 그와 같은 일이 일어나지 않도록 사건이 일어난 곳이 사라졌다는 뜻이다.

그게 행성이든, 콜로니든 상관없이.

물론 조사단이 직접 처리하지는 않는다. 그러나 종내에는 사라지고 만다. 어쩔 수 없는 자연재해 또는 모종의 사건으로, 조사단이 머무른 공간은 전부 없어졌다.

"소문엔 블랙홀을 마음대로 이용할 수 있다는 이야기까지 있었지……."

그 조사단이 지구를 향해 오고 있다.

천천히. 아니, 빠르게.

고개를 들어 밤하늘을 올려다보았다. 별빛이 반짝거리는 게 보였다. 저 중 어디서 조사단이 날아오고 있을까.

이제는 막을 수 없는 종말이 내 머리 위에 떨어지고 있었다. 꽃잎보다 가볍지만 확실하게.

종말이라니. 이렇게 모든 게 선명하게 살아 있는데 종말이라니. 도대체 종말이 어디 있다고. 그런 건 고대인들이 만들었다는 무슨 달력이 끝나는 날이라든가 사기꾼들의 이야기 속에서나, 혹은 닳고 닳은 신화 안에서나 존재하는 게 아닌가.

쏴아아!

그러나 눈앞을 가득 메운 너른 들판을 보며 나는 종말에 대해 떠올리지 않을 수 없었다. 콜로니나 우주선에는 종말이라는 단어가 어울리지 않는다. 그런 단어가 사용되기엔 너무 작고, 종말보다는 변화에 가깝다. 상황과 시대에 따라 시시각각 달라지는 것들에게 종말은 없다.

그러니 어쩌면 지금껏 변하지 않은 지구야말로 종말을 맞기에 가장 적절한 장소이지 않을까 싶었다.

"하지만 그게 지금이라면……."

싫다.

그 생각이 가장 먼저 들었다. 적어도 지금은 아니다.

정말로 지구에 동화되어 버린 걸까? 이유야 어쨌든, 지금 당장 지구가 망하는 건 막고 싶었다.

그때, 한성제의 붉어진 눈가가 떠올랐다. 그건 이 세상에 존재하는 단 하나의 붉은색이었다.

나는 아직 그것이 무슨 뜻인지 모른다. 그 애의 눈동자에 남아 있던 사랑이 진짜인지 아닌지도 모른다. 남아 있는 궁금증에 대한 답을 듣기도 전에 지구가 망하게 둘 순 없다.

'정말로 네가 원하는 게 그런 거야?'

내 마음속 깊은 곳에서 나온, 나 자신에게 하는 질문.

'그 답을 정말로 알고 싶은 거냐고.'

그래, 난 결정을 내리지 못했다. 답을 알고 싶은 건지, 아니면 영영 묻어 두고 싶은 건지. 하지만 적어도 결정을 내리는 데 절대적인 시간이 필요하다는 것은 알고 있다.

그렇다면 누가 지구에 종말을 가져오려고 하는지 알아내야만 한다.

"종말론자들."

위에서는 그들이 누구인지 내가 알아내길 바라고 있다.

"그 말은……."

종말론자들은 지금, 나와 함께 이곳 지구에 있다.

온몸에 소름이 돋았다.

대체 어디에? 어떻게? 지구인 출신이 아니면 입성과 출성도 어려운 이 행성에 어떻게 지적 생명체가 몰래 들어와 이곳에 있는 육체들을 공격할 수 있단 말인가.

하지만 위에서 그렇다고 하면 그런 거다.

쏴아아—.

풀들이 바람에 움직였다. 나는 들판 사이에서 보았던 낯선 움직임을 떠올렸다. 만약 이곳에도 학생들을 노리는 종말론자들이 있다면 이 들판에 몸을 숨기고 있지 않을까. 가만히 몸을 낮춘 채 바다에 떠 있는 외딴 섬 같은 이곳을 바라보며 아무것도 모른 채 하루하루 살아가기에 바쁜 저들을 어떻게 죽여야 할지 노려보고 있는 건지도 모른다.

지금 당장이라도 수풀 사이에서 뭔가가 튀어나올 것만 같았다.

"일단은 종말론자들을 찾아야 해."

조사단이 오기 전까지 찾아내야 한다. 내가 해내지 못한다면 조사단이 온 이후, 지구는 그대로 사라질 거다.

"다른 지구인들은 지금 뭘 하고 있는 거야? 어쩌면 지구가 송두리째 없어질 수도 있는 상황인데 이렇게 아무것도 안 하고 조사단을 보내면……."

거기까지 말한 나는 입을 다물었다.

그렇구나.

그래서 지금 내가 여기 와 있는 거였어.

나는 영의 투명한 눈동자를 떠올렸다. 지구에 처음 내려와서 만난 그 애의 눈을. 나를 다시 첫사랑에 빠지게 만들고, 그래서 이곳에 나를 붙잡아 둔 그 눈동자.

만약 내가 지구에 있지 않았다면, 나 역시 다른 지구인들처럼 지금 이 사태에 아무런 관심도 없었을 것이다. 어차피 지구는 육체의 인큐베이터에 지나지 않는다. 물론 고향이라는 상징적인 이미지가 있지만, 그거야 언제든 마음에 묻어 둘 수 있는 수준이다.

진짜 지구가 없어진다고 해도 지구인들은 신경 쓰지 않을 거다. 필요하다면 돈은 좀 들겠지만 아예 지구를 본떠 새로운 지구를 만드는 것도 충분히 고려해 볼 만하다. 게다가 그런 상황이 온다면 은하 연합에서 지원금을 받을 수 있을지도 모르고. 리모델링이 안 된다면 그냥 다 부수고 재건축해야지, 하는 정도의 느낌일 것이다.

다른 지구인들에게는 겨우 그 정도의 일이다.

하지만 이제 나에게는 다르다. 나는 이곳에 무엇이 사는지, 어떤 것이 있는지 알게 되었다. 그리고 내가 아직 알지 못하는 것이 많다는 것도 안다.

"이 지구엔……."

영이 있다. 이곳은 영이 선택한 제2의 고향이다. 어떤 이유에서건 영의 선택을 지지해 주고 싶다.

그리고 다음으로 떠오르는 건.

"한성제."

울 것 같던 그 애의 눈이, 새빨개지던 눈가가, 흔들리던 어깨가.

만일 지구에 종말이 찾아온다면 한성제도 사라지는 거다. 영영.

"어쩌지."

정말로 어떡하면 좋지.

밤하늘 가득히 별이 빛났지만 이제 그런 건 나에게 어떤 의미도 없었다. 내가 지금 발붙이고 있는 곳은 여기, 땅 위다.

밀어 두었던 감정들이 순간 저 안에서 휘몰아쳐 올라왔다. 잘못 부어 버린 탄산수의 거품이 휙 위로 올라오는 것처럼 너무나 빠르게 올라와 나를 잠식해 버렸다.

"아니야, 아니야."

고개를 마구 내저었다. 지금 나에게 필요한 건 얼음처럼 차가운 이성과 침착함이었다. 하지만 쏟아져 나오는 눈물을 참을 수가 없었다. 입술을 꽉 깨물었지만, 그러자 이번엔 몸이 덜덜 떨리기 시작했다.

두려움이 밀려왔다.

무서웠다.

정말로 무서웠다.

거대한 종말이 내 머리 위에 와 있다. 할 수만 있다면 바짝 엎드려 모른 척 피하고 싶다. 그럴 수만 있다면, 정말로.

눈물이 아래로 방울방울 떨어졌다.

몰랐다면 그냥 지나칠 일이었을 것이다.

"하지만 이젠 그럴 수가 없잖아……."

쏟아지는 눈물 사이로 헐떡였다. 공기가 모자란 기분이었다. 숨을 제대로 쉴 수 없었다. 컥컥대며 바닥에 엎드렸다. 탄 풀 냄새가 더 짙게 났다.

그냥 이렇게 있으면 안 되나. 눈 딱 감고, 모른 척하고.

그렇게 되지 않는다는 걸, 그 누구보다도 내가 제일 잘 알았다. 알면서도 여전히 도망치고 싶은 마음이 드는 나 자신에게 혐오감이 들었다.

풀밭을 짚었다. 계속 몸이 떨리고 숨쉬기 어려웠지만 그래도 일어나야 했다.

"앗!"

하지만 팔에 힘이 빠져 다시 바닥으로 몸이 처박혔다. 욕이 나올 뻔했다.

"잡아."

그때, 눈앞으로 손 하나가 내밀어졌다. 퍼뜩 고개를 드니 낯익은 얼굴이 보였다.

"……영."

너른 밤하늘을 뒤로 둔 채 꼿꼿이 서서 영이 나를 향해 손을 내밀고 있었다.

"일어나야지."

짧은 말이었지만 그 안에 담긴 의미는 컸다.

손 내밀고 있는 영의 얼굴엔 연민과 안타까움이 깃들어 있었다. 나는 천천히 팔을 뻗어 영의 손을 잡았다. 미지근한 체온이 느껴졌다.

"알고 있었구나."

내 말에 영이 작게 고개를 끄덕였다.

"응."

"아무래도 넌 판결 주문을 가진 존재니까, 알 수밖에 없었겠네."

나는 잠깐 말을 멈췄다가 한 가지 더 물었다.

"나 때문에 지구에 오게 되었다고 그랬잖아, 네가."

"그랬지."

"대체 무슨 뜻이었어?"

영은 입을 다물었다.

"……이래서 나를 여기로 부른 거지?"

"정했어?"

이어진 내 질문에 영은 대답 대신 다른 질문을 던졌다. 그리고 조용히 내 대답을 기다렸다.

"내가 뭘 선택했는지가 중요해?"

영은 가타부타 대답하지 않았다. 그저 끈질기게 나를 바라볼 뿐이었다.

바람에 움직이던 풀들도 멈췄다. 사방이 고요하게 가라앉았다.

이곳의 모든 게 내 대답을 궁금해하고 있었다.

"왜? 내 선택이 왜 중요한 건데? 영, 너는 이미 알고 있잖아. 내가 어떤 선택을 할 건지도 알고 있잖아!"

마지막에는 거의 소리를 쳤다. 하지만 영의 표정은 변하지 않았다. 지금 이 상황을 몇 번이나 겪은 것처럼 침착했다.

"영, 말해 줘. 넌 이미 이런 나를 몇 번이나 봤을 거 아니야. 네가 가지고 있는 그 판결 주문 안에서 내가 어떻게 생각하고, 어떤 결정을 내리고, 그리고……."

침착함을 유지하려고 애썼다. 좋아하는 사람 앞에서 꼴불견으로 우는 걸 보이고 싶진 않았다. 물론 얼굴은 이미 엉망이 되었겠지만, 여기서 더 최악의 모습을 보이고 싶진 않았다. 숨을 고른 후 천천히 말을 이었다.

"그리고 마지막에 어떻게 되리라는 걸 알고 있을 거잖아."

여전히 영은 아무 말도 없었다.

"뭐라고 말 좀 해 봐. 여기까지 나를 찾아왔다면 무슨 말이라도 해 주려고 온 것 아니야?"

"아니, 그 반대야."

"뭐라고?"

영과 나의 시선이 부딪쳤다.

"나는 네 말을 들으려고 왔어, 미래야."

"왜……."

"우리는 이미 알잖아. 오늘의 이야기는 오늘만 있다는 것."

그 말은 내가 영의 몸 안에 새겨져 있는 판결 주문을 가지러 지구에 처음 내려왔을 때 영이 한 이야기와 비슷했다.

"지나간 어제도 아직 다가오지 않은 내일도 생각하지 마. 우리에게 주어진 건 언제나 오늘, 지금 이 시간뿐이야."

영의 목소리는 여전히 담담하다.

"지금은 지금이고 다른 건 아무 소용없어. 지금 네가 하는 대답이 나에겐 유일한 대답이 될 거야. 네가 어떤 선택을 한다고 해도 난 괜찮아."

지금은 지금뿐.

"정했어?"

영이 다시 한번 물었다. 나는 천천히 고개를 끄덕였다. 사실은 오래전에 이미 결정한 마음이었다. 이런 상황이 오기도 전에, 나도 모르게 정한 결론.

"종말이 와도 난 이곳을 지킬래."

사방에서 풀 향기가 났고, 별이 반짝였고, 모든 게 고요했고, 우리는 종말에 대해 말하고 있었다.

한영

    그날 밤. 그러니까 별똥별이 무수히 떨어지던 그날 밤, 나는 내 안에 깃들어 있는 판결 주문이 맞아 들어갔다는 것을 또 한 번 확인했다.

    내가 지구에 온 목적이 맞다는 걸 확인한 후의 안도감, 결국 나 역시도 내가 가지고 있는 판결 주문에서 벗어날 수 없다는 좌절감이 같이 느껴졌다.

    "종말이 와도 난 이곳을 지킬래."

    그날의 판결 주문은 그렇게 끝을 맺었다. 내가 지구에서 태어나길 선택해서 장장 열아홉 해를 이곳에서 살아온 단 하나의 이유가 내 앞에 다시 펼쳐졌다.

    나는 이번 삶의 평생을 계속해서 미래를 기다려 왔다. 지구에서의 삶을 하루하루 보내면서 이백 년 전의 미래가 이곳에서 겪었을 시간에 대해 떠올렸다. 물론 그때와 지금은 또 다르겠지만, 그래도 아주 다르진 않을 거라고 생각하면서.

이곳에서 살면서 나는 미래의 성격과 취향, 생각하는 방식이 어디서 영향을 받았는지 알 수 있었다. 물론 미래야 자신이 지구에서 산 기간이 지극히 짧아 지구인으로서의 자아는 없다고 생각할 테지만, 지구인은 결국 지구인이다. 그들이 가지고 있는 생각과 방식이 우주에 간다고 송두리째 바뀌는 건 아니다.

작으나마 내가 알던 미래의 흔적을 찾아내는 것이 지구에서 사는 데 있어 가장 큰 즐거움이었다. 미래가 즐겨 먹던 막대 과자를 찾아 진짜로 먹어 보는 것, 미래가 가끔 말하던 한국의 유명한 곳을 직접 보는 것, 미래가 이야기하던 푸른 하늘을 올려다보고 땅을 밟아 보는 것.

그게 이곳에서의 내 행복이었다.

거기에 더해, 이곳에서 나와 비슷한 모습을 하고 함께 살아가는 다른 이들이 있다는 게 신기했다. 지구에서 멀고 먼, 물로 가득 차 있는 나의 고향이자 나의 바다에선 그 누구도 함께 있지 않았으니까.

고향에서 나는 오로지 나로서만 존재했다. 그게 처음이자 끝이었고 세상의 모든 것이었다. 언젠가 미래가 그게 대체 어떤 기분이냐고 물어본 적이 있다. 태어나면서부터 다른 이와 함께 살아온 미래에게 우리 쪽 삶의 방식은 그야말로 영원한 고독이나 다름없게 느껴졌을 것이다.

그러나 나는 그렇게 태어났고, 그렇게 살아왔다. 나에게는 그게 전부였다. 어쩌면 그때 내가 외로웠을 수도 있었겠다는 생각은 나중에 미래를 만난 후에나 들었다.

진짜 외로움을 느낀 건, 그다음이었다.

"네가 어떤 존재건 그건 우리 사이와 관계없는 일이야. 그러니까 내가 함께할게."

그렇게 말하던 미래의 목소리를 아직도 기억한다.

내가 어떤 존재건 상관없다고 말하는 미래. 나와 함께해 주겠다고 말하는 미래. 그건 내가 일생토록 본 것 중 가장 아름다운 모습이었다.

그래서, 헤어졌다.

그렇기에 헤어질 수밖에 없었다.

미래와 헤어지고 난 후, 그제야 나는 진짜 외로움이 뭔지 깨달을 수 있었다. 처음으로 느끼는 외로움과 함께 새롭고 낯선 삶을 살아갔다. 몇천 년의 시간을 뒤로한 채, 처음으로 모든 것을 하나하나 겪어 갔다.

미래는 나의 첫사랑이자 유일한 사랑이다. 또 한 번 되풀이하자면, 그렇기에 헤어질 수밖에 없었다. 다른 무엇과도 비교할 수 없는 유일한 사랑이기에 나와 함께하겠다고 말하는 미래의 모습 위로 겹쳐지는 다른 미래의 모습을 차마 외면할 수 없었다.

나는 그때 미래'들'을 보았다.

나와 함께하겠다고 말하는 미래 위로 수많은 다른 미래가 겹쳐졌다. 미래들은 울거나 후회하거나 두려워하거나 소리치거나 원망하거나 절망에 빠져 있었다.

나는 알았다. 내가 지금 이 순간 함께하자는 미래의 손을 잡아 버리면, 다른 미래들은 영원히 저렇게 살아가야만 한다.

미래가 나를 바라보고 있었다. 사랑이 가득한 눈으로.

이것은 분기점이었다. 나의 작은 선택으로 앞으로 미래들이 어떻게 될지 정해지는 첫 번째 관문이었다.

너만이 할 수 있는 일이었잖아! 다 알았잖아!

다른 미래 중 하나가 외치는 소리가 들렸다. 어떻게 할 수 없는 원망이 가득한 목소리였다. 오로지 나만이 들을 수 있는 목소리들이 사방을 메웠다.

펼쳐진 수많은 미래를 두고, 나는 이곳에 있는 단 하나의 미래를 바라보았다. 내가 자신과 함께해 줄 거라고 믿는 두 눈동자. 사랑으로 반짝거리는 얼굴.

내가 어떻게 해야 했을까, 미래야.

원망에 휩싸인 너의 목소리를 듣는 순간, 나는 생각했지. 사랑하니까 헤어진다는 말이 정말로 있는 거구나, 하고. 지금 여기서 너의 손을 잡으면 너는 결국 어떤 날, 어떤 이유에서든 저런 원망어린 말을 나에게 하게 될 테고, 난 우리의 사랑이 그렇게 끝나는 걸 바라지 않았다.

나는 분기점에 선 채 내가 가지고 있는 판결 주문들을 보았다. 열려 있는 동시에 닫혀 있는 엔딩을 가진 이야기들이었다.

몇몇 이들은 판결 주문이 완전한 예언이라고 생각한다. 그건 반쯤은 틀리고 반쯤은 맞는 말이다. 매 순간 판결 주문은 완전한 형태를 가지고 있지만, 그 형태는 매번 다르다. 중요한 건 '어떤 순간'에 내가 '어떤 형태'를 가진 판결 주문을 읽어 내느냐에 달려 있다. 오늘이 지금 이 순간밖에 없듯이, 모든 판결 주문 역시 단지 지금밖에 존재하지 않는다.

그리고 내가 본 판결 주문들은 어쩌면 일어날 가능성이 있는, 확률적으로 존재하는 이야기들이었다. 그러니 내가 여기서 미래와 함께하기를 선택한다면, 아주 높은 확률로 우리의 결말은 그 판결 주문들처럼 되고 말 것이다.

그럼 다른 쪽은?

헤어지기를 선택한 우리의 이야기는 좀 더 불명확했다. 있을 수 없는 판결 주문과 기적에 가까운 판결 주문이 희미하게 섞여 있었다. 잘 보이지 않을 정도였다. 하지만 나는 필사적으로 찾았다. 분명 다른 이야기가 있을 거다. 울지 않는 미래가 있는 이야기가 있을 거라고 믿었다.

모든 애를 쓴 끝에 겨우 볼 수 있었다. 기적과도 같은 확률을 뚫고······.

여전히 사랑에 빠져 있는 미래를 보았다.

그거면 됐다. 미래가 원망 대신 여전히 사랑에 빠져 있는 확률이 존재하는 한, 내가 무엇을 선택해야 할지는 확실해졌다.

물론 어떠한 이야기든 결국 그때, 그 순간의 미래가 선택해야만 이야기는 결정된다. 그래도 나는 내가 왜 여기서 미래와 헤어져야 하는지는 알고 있다.

나와 떨어져 있는 시간이 없다면 미래는 나를 계속 사랑하지 않을 것이다. 떨어져 있는 시간이 너무 짧거나 길어도 안 된다. 꼭 그만큼의 시간이 흘러야 미래가 나를 다시 만날 마음이 들 테니까.

모든 것에는 타이밍이 있다. 그때부터 나는 완벽한 타이밍을 찾아야 했다. 내가 읽어 낼 수 있는 가장 좋은 판결 주문의 때가 오기만을 기다려야 했다.

사랑은 자아의 확장이라는 말을 들은 적이 있다. 자신의 생존을 가장 중요하게 여기는 생물 개체들이 사랑을 통해 사랑하는 대상을 '확장된 나'의 범주에 넣어 자기 자신을 희생할 수 있도록 만든다는 이야기였다.

나 역시 비슷했다. 몇천 년을 혼자 살아온 나는 마침내 바다를 뛰어넘어 미래를 만났고, 미래를 사랑해서 지금의 나를 희생하기로 결정했다.

"우리 이만 헤어지자."

눈을 질끈 감고 싶었다. 하지만 나의 결정을 직시해야만 했다.

미래가 모든 동작을 멈추고 멍하니 나를 바라보았다. 무슨 말인지 이해하지 못하겠다는 얼굴이었다.

"헤어지자, 미래야."

그래서 다시 한번 그 말을, 내 입으로 해야만 했다.

"네크워크엔 아무런 흔적이 없어."

나는 긴 상념에서 빠져나와 지금 앞에 있는 미래를 보았다. 열아홉의 미래는 내 상상보다 훨씬 더 생동감 있고 눈부시다.

미래가 '합일'해 지구에 처음 내려올 그날 아침, 나는 일어나자마자 알아차렸다. 내가 이번 생을 다해 기다린 날이 바로 오늘이라는 것을. 하늘은 고요했고, 지구는 모든 준비를 마친 채였다.

미래가 문을 열고 내가 서 있는 동산 쪽으로 걸어오는 순간, 나의 모든 시선과 신경이 미래에게 향했다. 그건 어쩔 수 없는 일이었다. 순리였고 흐름이었다.

미래도 나를 바로 알아봤다는 것을 알아챘다. 고리가 탁 연결되는 기분이었다. 그제야 내 모든 것이 제대로 돌아가기 시작했다. 지금까지 지구에 있었던 시간과 기억이 겨우 의미를 찾았다.

나에게 미래는 그런 존재다. 내가 지구에 있는 유일한 이유, 나를 이곳에 부른 단 하나의 까닭.

"……고 있어? 영?"

"응?"

미래가 눈썹을 살짝 찌푸리며 말했다.

"듣고 있냐고."

"듣고 있어."

"내가 뭐라고 했는데?"

"네크워크엔 아무런 흔적이 없다고. 또 만약 종말론자들이 지구에 있는 육체들을 죽여서 무언가를 얻으려 했다면 조사단이 지구에 오기 전에 협상을 시도했어야 하는데, 그런 것도 없다고."

"듣고 있었네. 그런데 왜 대답을 안 해?"

"생각하고 있었어."

무슨 생각을 하고 있었는지 말해 보라는 듯 미래가 나를 바라보았다.

"다른 목적이 있다는 거겠지."

"다른 목적? 대체 뭐? 지구인들도 아니고 육체들을 죽여서 대체 어디에 쓰게?"

목소리를 낮춰 물었지만 미래는 이해가 가지 않는다는 얼굴이었다.

나는 깨끗한 네크워크와 외부 통신을 다시 살폈다. 밀코메다은하군의 보호를 받는 지구에는 의심스러운 흔적이 어디에도 없었다. 아마 이랬기에 다른 지구인들도, 은하군도 종말론자들의 활동에 대해 지금까지 몰랐을 것이다.

"아니지."

내 말에 미래가 고개를 들었다. 나는 미래를 보며 말했다.

"목적을 먼저 생각하면 안 되는 거야."

"무슨 뜻이야?"

"위에서 붙인 저들의 이름을 봐."

"이름? 종말론자들 말이야?"

"그래, 종말론자들. 그들이 믿고 바라는 게 뭐겠어? 고작 우주에 있는 지구인들과 협상해서 뭔가를 받아 내는 걸까? 정말로 그걸 바랄까?"

내 말에 미래의 얼굴이 굳었다.

나 역시 미래의 이런 표정은 보고 싶지 않다. 정말로 늘 좋은 것만 주고 싶다. 누구보다도 미래가 행복하길 바란다. 내게 있는 것을 주어 미래가 행복할 수 있다면, 나는 얼마든지 내줄 것이다. 할 수 있는 일이 있다면 온 힘을 다해 할 것이다.

하지만 내가 할 수 있는 일은 단 하나뿐이었다. 아무것도 하지 않는 것.

그게 가장 힘들었다. 나는 지구에서 무엇이든 할 수 있었지만, 아무것도 하지 말아야 했다. 미래와 헤어지던 그때, 그곳에서 본 수많은 미래의 모습이 이번 생의 현실이 되지 않으려면 그래야만 했다.

나는 몇 가지 단서를 손에 쥔 눈먼 자나 다름없었다. 내가 본 판결 주문 속 미래는 지구에 있었고, 오로지 혼자였다. 텅 빈 지구에는 장송곡의 끝부분만이 윙윙대며 울려 퍼지고 있었다.

그리고 그 순간, 미래는 더 이상 나를 사랑하지 않았다. 원망 어린 눈동자로 나를 바라보며 외쳤을 뿐이다.

다 알았잖아!

미래는 나의 유일한 첫사랑이다. 미래는 곧 나다. 더 정확히 말하자면, 나 자신보다 더 사랑하는 나의 모습이다. 다른 건 다 상관없다고 해도 미래가 더 이상 나를 사랑하지 않는 시간을, 나는 견딜 수 없다. 그것만큼은 내 세상에 있어서는 안 되는 일이다.

그래서 그때 미래와 헤어졌고, 지구로 왔다.

나는 이곳에서 어떤 일이 어떤 식으로 펼쳐질지 알고 있었지만 동시에 몰랐다. 일어나지 않은 일들도 모두 일어날 수 있는 확률을 가진 채 존재하고 있었다. 확률이 낮다고 해도 상관없다. 아무리 낮더라도 '0'을 의미하는 건 아니기 때문이다.

수많은 확률이 아주 많이 존재했고, 각각의 확률은 매번 때가 되어서야 관측된 현실로 존재했다. 나는 미래가 어떤 일을 겪을지 대략적으로 알았지만 그게 도대체 어떻게 일어나는 건지는 몰랐고, 그걸 피하려면 어떻게 해야 하는지도 몰랐다.

그렇기에 내가 지금까지 할 수 있었던 건 아무것도 손대지 않는 것뿐이었다. 내가 지구에서 뭔가 했을 때, 그게 나중에 지구에 온 미래에게 어떤 영향을 끼칠지 모르니까.

그래서 그저 이곳에 있는 육체들의 삶에 완전히 동화되어 열심히 살았다. 지구에 사는 육체들은 우주와 아무런 관련이 없도록 설계되어 있으니, 저들과 똑같은 삶을 사는 데 집중한다면 적어도 실수를 저지를 일은 없을 거라는 생각이었다.

그게 내 사랑의 방식이다.

"영."

"응."

미래의 부름에 얼른 대답했다. 몇 번이고 대답해 줄 수 있다. 꿈속에서도 미래가 나를 부르길 바란다.

"넌 어디까지, 뭘 알고 있는 거야? 지금 이것도 알고 있었어?"

하지만 대답할 수 없는 것도 있다. 입 다문 나를 보던 미래가 고개를 끄덕였다.

"그래, 말해 줄 수 없다는 거겠지."

미래가 잠깐 내 얼굴을 훑었다. 증거를 찾는 눈이다. 혹시라도 어딘가에 단서를 남겨 놓진 않았을까 하는 표정.

"결국 내가 선택해야 한다는 거잖아. 그렇지?"

미래의 말에 나는 작게 고개를 끄덕였다.

"……종말론자들."

가만히 그 이름을 부르는 미래의 손이 떨렸다.

"그럼 저들이 종말 자체를 원한다는 거야?"

"그럴 가능성이 높지 않겠어? 지금까지 우리가 찾아본 것에 의하면 말이야."

위에서 메시지가 내려온 직후부터 나와 미래는 종말론자들의 흔적을 찾았다. 하지만 흔적은 그 어디에도 보이지 않았다.

"그 말은 종말론자들이 적어도 외부에서 침입한 세력은 아니라는 거잖아."

미래의 말에 내가 고개를 끄덕였다. 미래의 얼굴이 새파랗게 질렸다.

지금이라도 손을 뻗어 미래를 끌어안고 싶었다. 이런 건 그냥 다 그만두고 도망치자고 말하고 싶었다.

하지만 미래는 결코 그럴 수 없을 거라는 걸 누구보다도 잘 안다. 미래의 그런 점을 내가 사랑해 마지않는다는 것도 너무나 잘 알고 있다.

무슨 일이 있어도 미래는 자신이 한 말을 지키려고 애쓸 것이다. 그건 미래가 지구에 도착한 순간부터 이미 시작된 일이었다.

미래의 손끝이 다시 덜덜 떨렸다. 나는 잠깐 머뭇거리다 떨리는 미래의 손을 잡았다.

"⋯⋯난 그게 더 무서워."

미래가 낮은 목소리로 속삭였다. 마치 누군가가 우리의 이야기를 엿들을지도 모른다는 얼굴이었다.

"지금 이곳에 있는 무언가가 지구의 종말을 바라고 있다는 거잖아. 육체들을 전부 죽이려고 한다는 거잖아. 종말론자들이 어딘가에 있다는 거잖아."

나는 그저 미래의 떨리는 손을 쓸어 줄 수밖에 없었다.

나 역시 종말론자들이 어떤 이들인지는 모른다. 물론 판결 주문을 읽어 낸다면 그들의 정체를 밝힐 수 있겠지만, 그게 앞으로의 미래에게 어떤 영향을 끼칠지 알 수 없었다.

"사실 나, 그들을 본 것 같아."

그 말에 미래를 쳐다보았다.

"본 것 같다고?"

"응."

미래의 시선이 힐긋 기숙사 창문 너머 들판을 향했다.

"저 들판에 뭔가가 있었어. 동물은 아니야. 분명 다른 존재가 있었어. 딱 한 번뿐이었지만 직접 봤다고."

"설마…… 그래서 방을 바꿔 달라고 한 거였어?"

내 물음에 미래가 작게 고개를 끄덕이며 답했다.

"만약 정말로 종말론자들이 들판에 있었던 거라면, 이곳을 타깃으로 삼았을 거야."

"왜?"

"작년에도 들판의 소리를 들었다던 애가 있거든. 이미 그때부터 들판에 무슨 일이 일어나고 있었던 건지도 몰라."

"들판이라. 그럴지도 모르겠네. 생각해 보면 지구 전체가 보존 행성이 된 이후, 이곳의 들판과 같은 자연 보호 구역이 엄청나게 늘어났으니까."

"그래?"

몰랐다는 얼굴로 미래가 되물었다.

"응, 지구인들이 우주로 떠나면서 지구 재생 프로젝트가 진행됐어. 그때 재생된 대부분의 지역이 자연 보호 구역으로 지정됐거든. 육체가 지구에 살기 시작한 건 그로부터 훨씬 뒤의 일이고."

"그럼 저런 들판 같은 구역이…… 지구에 많다는 거야?"

"맞아."

미래는 얼른 네트워크에 접속해 자연 보호 구역이 얼마나 되는지 확인했다. 곧 미래의 얼굴이 어두워졌다.

"진짜네. 그리고 생각보다 너무 넓어."

손톱 끝을 깨물며 미래가 말을 이었다.

"만약 종말론자들이 보호 구역 내에 있다면…… 지금까지 흔적이 없었던 이유도 충분히 설명 가능해."

"어떻게 할 거야?"

불안감이 깃든 미래의 눈동자가 깜박였다.

"어차피 지금 다른 누구의 도움을 받을 순 없어. 이미 우주의 지구인들은 이곳에 조사단을 보내기로 결정했으니까."

"그랬겠지. 지구인들의 합의가 있지 않고서야 조사단이 지구에 올 생각을 했겠어?"

"조사단이 오면 정말 끝이야."

"다 사라진다는 것 때문에?"

나도 들은 적이 있다. 조사단이 조사를 하고 난 지역은 깨끗하게 말살된다는 이야기를. 내가 보았던 텅 빈 지구는 어쩌면 조사단이 들른 후의 지구였을까? 조사단이 지나간 지구에서, 미래는 울면서 나를 원망하게 되는 걸까?

"응, 다른 지구인들은 아무도 이곳에 신경 쓰지 않아. 위에 시간을 달라고 연락을 넣었는데도 불가하다는 형식적인 답변뿐이었어."

"종말론자들이 누군지 알아낸다면 조사단이 오는 걸 막을 수 있을 거라고 생각해?"

"어쩌면……."

미래의 대답엔 확신이 없었다.

"위에서 보기에 나 혼자서도 충분히 해결 가능하다고 생각한다면, 조사단을 굳이 내려보내지 않을지도 몰라."

그렇게 말하는 미래의 옆얼굴이 피곤해 보였다. 벌써 2주째 종말론자들의 흔적을 쫓고 있으니 그럴 만도 했다.

"일단 오늘은 그만 자자."

"잠이 안 와."

"며칠째야?"

내 물음에 미래가 멍하니 생각을 하다 고개를 저었다.

"몰라. 잘 모르겠어. 언제부터 못 잤더라? 지금도 사실 꿈인 것 같아."

미래가 조용히 속삭였다.

"눈을 감으면 진짜인 것과 가짜인 것이 뒤죽박죽으로 뒤섞여 버리거든. 최악인 건 종말론자들은 진짜고, 이곳에서 만난 내 친구들은 가짜인 거야."

"맞아, 정말 최악이지."

"영, 넌 어떻게 견딘 거야? 이곳의 모든 게 가짜라는 걸 알면서 어떻게 계속 살았어?"

미래의 목소리가 점차 느릿해졌다.

"나는 기다리던 게 있었으니까."

미래가 그게 자기냐고 물어보고 싶어 한다는 걸 알아차린 나는, 잠깐 고민하다가 대답해 주기로 마음먹었다.

가끔은 지금 이 순간이 아니면 할 수 없는 말이 있다. 전할 수 없는 마음이 있다. 찰나를 놓치면 그 말과 마음 들은 영영 미끄러진 틈새 사이를 돌기만 한다. 그걸 잘 알기에, 가만히 내 대답을 전했다.

"언제나 너였어, 미래야."

미래가 살짝 눈을 뜨고 나를 바라보았다.

"내가 기다린 건 언제나 너밖에 없었어."

미래는 희미하게 웃었다. 그동안 내가 해 온 어떤 상상보다 아름답게. 손을 뻗어 미래를 내 침대에 눕혔다.

"이제는 진짜 자야 해."

"하지만 잠이……."

"들판은 잊고 종말도 잊어."

다시 손을 뻗어 미래의 눈 위를 덮었다.

"그냥 아무 생각도 하지 마."

내 말에 미래가 깊게 숨을 내쉬었다.

"우리가 지나왔던 많은 우주만 생각해. 시간이 많았고, 해야 할 건 사랑밖에 없었던 때를 기억해."

장난스러운 내 말에 겨우 미래의 입꼬리가 올라갔다.

"있지, 영아."

"응."

"솔직히 나 조금 두려웠거든."

"지금?"

"……아니, 널 다시 봤을 때."

눈을 감은 채 미래가 천천히 말을 이었다.

"명령 같은 건 다 그만두고 도망치고 싶기도 했어. 널 보는 순간 난 다시 사랑에 빠질 게 분명했으니까."

"다시 안 하고 싶었어?"

내 질문에 미래는 잠깐 머뭇거렸다. 나는 가만히 기다렸다. 기다리는 건 내가 잘하는 일이다.

"다시 하고 싶었어. 그때 끝은 내가 낸 끝이 아니잖아. 우리가 헤어진 이후로도 나는 어쩌면 계속 너와 함께 있었는지도 몰라."

그건 나도 마찬가지다.

"하지만…… 이번에도 네가 또 우리의 끝을 다 봤다는 얼굴로 그렇게 말할까 봐."

"그때 내가 그런 표정이었어?"

"응, 정말로."

미래의 대답이 생각보다 단호해서 도리어 웃음이 났다.

"미안해. 무슨 말을 해도 변명 같겠지만, 난 그때…… 끝을 바꿀 수 있는 방법을 생각해 내려고 애쓰고 있었어."

손 아래에서 미래의 눈썹이 꿈틀거리는 게 느껴졌다.

"생각하지 마. 지금 내가 하는 이야기도. 대신 노래를 불러 줄게."

"예전에 불러 줬던 거 말이야?"

"응."

나는 바로 노래를 시작했다. 내 고향별에서 전해지던 노래. 바다를 타고 전해진 아주 오래된 노래. 중간중간 가사가 바뀌고 덧붙여져서 아주아주 길어진 노래. 예전에도 미래가 잠이 오지 않는다고 하면 불러 줬던 것이다.

"바다가 있었지, 거기엔. 깊은 곳에선 파도가 치고 이야기가 떠돌아다니는 곳······."

천천히 부르는 노랫소리에 맞춰 미래의 숨소리도 느려지기 시작했다.

잠든 미래의 얼굴을 가만히 들여다보았다. 나는 미래의 영혼을 보았다. 평범해 보이는 이 육체 안에 얼마나 반짝이고 강한 영혼이 들어 있는지 가장 잘 아는 사람이 바로 나다.

나와 미래는 서로의 꼬리를 잡고 빙글빙글 도는, 끝없는 뫼비우스의 띠 같은 존재다. 언제부터 그랬는지는 모른다. 내가 미래를 사랑해서 내 자아의 확장인 미래가 나에게 영향을 끼치게 된 건지, 아니면 내가 미래의 곁에 있었기에 우리가 이렇게 된 건지.

어디가 미래의 선택이고 어느 부분이 나의 선택인지 이제는 구분할 수조차 없다. 다만 나의 의지가 곧 미래의 선택이 되고, 미래의 결정이 다시 돌아와 나의 훗날이 된 것뿐이다.

모든 게 뒤섞인 이 안에서 믿을 수 있는 건 오로지 하나다.

미래는 나를 붕괴시킬 만한 일을 하지 않는다. 내가 미래를 죽지 않게 지키는 것만큼.

그러니 미래의 결정을 믿어야만 한다. 이 모든 상황 속에서 바뀌지 않는 단 하나의 증거를 보석처럼 손에 쥐고 앞으로 가야만 한다.

미래 옆에 누워 미래의 옆얼굴을 보았다. 어스름한 지구의 어둠이 미래를 덮은 것을 가만히 본다. 우주의 어둠과는 또 다르다. 달빛이 섞여 있는 끝 봄의 어둠은 묘하게 부드럽고, 어딘지 모르게 어슴푸레하게 빛나서 조금 더 다정하다.

"그동안 기다렸어. 이렇게 만나기를."

그제야 미래에게 하지 못했던 이야기를 꺼냈다.

"이걸…… 사랑이라고 부를 수 있을까?"

하지만 잠든 미래는 답이 없었다.

사랑이라고 불러도 되는지 모를 만큼 아득히 멀고 깊은 감정이 우리의 시공간을 지배하고 있었다. 처음부터 다시 끝까지, 끝의 처음부터 시작의 끝까지.

다시 장미래

 벤치에 앉은 내 이마 위로 짙은 라일락 그늘이 졌다. 그늘은 흐드러지게 핀 꽃과 잎사귀 모양대로 물그림자처럼 일렁거렸다. 바람이 불면 부는 대로 그림자들이 움직였다가 다시 돌아왔다. 하지만 그전과 완전히 똑같은 모양은 아니었다.
 "꽃이 너무 많이 핀 것 같은데……."
 지구의 여름은 너무나 간만이라서 원래 이렇게 꽃이 한꺼번에 많이 피는 건지 영 감이 잡히지 않았다. 주먹보다 더 큰 보랏빛 꽃송이가 그득그득 달린 그늘 아래에서는 진한 향기가 났다. 숨이 막힐 정도로.
 이런 감각은 정말 오래간만이다. 열아홉 살짜리인 내 몸은 도처에 깔린 것을 터지는 폭탄처럼 받아들이고 있다. 아주아주 생생하고 또 과하게. 한마디로 말하면, 열아홉 살답게 받아들인다는 뜻이다.

손을 들어 라일락 꽃송이에 가져다 댔다. 그럴 리가 없을 텐데도 손가락 끝에 짙은 보라색이 묻어나는 것만 같았다. 보랏빛 바람이 쭉 뻗은 내 손가락 사이를 스쳐 지나갔다. 그 아래에 있는 뺨과 코와 머리칼도.

몸으로 느끼는 이런 것들이 나의 영혼을 조금씩 바꾸어 놓는 것 같다. 아무리 큰 콜로니라고 해도 이런 바람까지 재현하지는 않는다. 물론 할 수는 있지만 그럴 필요도 없고, 자원도 많이 든다. 게다가 콜로니에 있는 이들 대부분은 다른 행성에서 온 자들이다.

그 말은, 라일락 향이 짙게 배어 있는 여름 바람 같은 걸 그리워하는 이는 없다는 뜻이다.

"물론 나도 그랬지."

지구에 있었던 시기는 너무나 오래전이었기에, 바람이 어땠는지와 같은 사소한 것들은 일찍이 잊어버리고 말았다.

하지만 지구에 다시 내려오자 하나씩 기억났다. 영혼이 잃어버린 것들을 몸은 아직도 기억하고 있었다. 아이러니한 일이었다.

"지구살이가 이렇게까지 힘들 줄은 몰랐는데."

위에서 메시지가 내려온 뒤, 나는 온 힘을 다해 종말론자들을 찾으려고 애썼다. 그리고 영과 보호 구역에 대한 이야기를 나눈 후부터는 학교 주변에 펼쳐져 있는 들판을 수색했다.

생각보다 고된 작업이었다. 들판은 너무나 넓었고, 우리는 혹시 모를 일을 대비해 누구의 눈에도 띄지 않도록 조심하면서 수색했으니 당연한 일이었다.

"게다가 뭘 찾고 있는 건지도 모르니까……."

우리는 종말론자가 어떻게 생겼는지도 모른다. 최악의 경우에는 상상을 뛰어넘는 모습을 하고 있거나 혹은 아예 눈에 보이지 않는 형태로 존재할 수도 있다.

나와 영은 무엇을 찾고 있는지도 모른 채 열심히 뛰어다녔다. 밤마다 어둠이 내린 들판 사이를 헤집고 돌아다니고, 땅을 파고, 식물을 채집하고, 분석할 수 있는 것들을 분석해 보았다. 그럼에도 불구하고 여전히 우리는 우리가 뭘 찾아내야 하는지 몰랐다.

막막했다. 하지만 이 정도의 막막함은 누구나 가지고 있는 거다. 다들 무엇을 찾아내야 하는지 모르면서 하루하루를 살아가지 않는가. 어떤 게 정말로 중요한지, 뭘 원하는지 모르는 채로.

그러니 너무 억울하다고 생각하지 않기로 했다. 내가 처한 상황을 받아들이지 못하는 것만큼 나 자신을 힘들게 하는 것도 없다. 그저 눈앞에 놓인, 할 수 있는 일을 하나씩 처리하는 것만이 최선이다.

"미래."

영이다. 메시지가 내려온 후, 우리는 같이 움직였다. 화해의 말을 한 건 아니지만 자연스럽게 이렇게 됐다.

나는 아직도 왜 영이 지구에 나 때문에 내려왔다고 말한 건지 이해할 수 없다. 그래도 영을 믿을 수는 있다.

"자, 체육복."

영이 나에게 말린 체육복을 건넸다. 매일 들판을 쏘다니려면 체육복만 한 게 없다. 어제 땅이 꺼진 걸 채 보지 못하고 뒹굴어 버려서 더러워진 체육복을 영이 세탁해 준 것이다.

"고마워."

영은 내 위를 덮고 있는 라일락 그늘을 힐긋 바라보았다.

"다른 때보다 꽃이 더 많이 피었네."

"역시 그런 거지?"

"응."

"내가 지구에 오래간만에 와서 잘 모르는 건 줄 알았어."

"……해가 지날수록 더 많이 피고 있어."

그 말에 나는 사방을 둘러보았다.

"라일락만이 아니잖아."

영의 말이 맞았다. 라일락만이 아니었다. 사방에 가득히 핀 꽃들이 쏟아질 듯이 넘실거렸다.

모든 게 과했다. 너무나 새파란 하늘, 눈을 찌를 듯이 펼쳐진 신록, 존재감을 드러내는 꽃들. 그리고 그 모든 걸 배경 삼아 천천히 걸어가고 있는 학생들.

나와 영은 희고 푸른 교복이 바람에 날리는 걸 가만히 바라보왔다. 모든 게 눈부셨다. 겉으로만 보면 완벽한 날이다. 우리 위로 종말이 아주 천천히 그림자를 드리우고 있다는 건 나와 영만이 아는 사실이기에, 완벽할 수 있는 날이다.

저 멀리 펼쳐진 들판을 보았다. 우리는 학교를 중심으로 구역을 나눠 들판을 조금씩 수색하고 있다. 오늘 밤 영과 내가 수색해야 할 곳은 북서쪽이다.

"생각해 보면 좀 이상하지."

영의 말에 내가 고개를 돌렸다.

"이상하다고?"

"보호 행성인 지구에 특별한 변화가 생길 리 없는데, 해마다 점점 더 꽃이 많이 피어."

눈썹을 찌푸린 채 영이 말을 이었다.

"그거 알아, 미래야?"

"뭘?"

"어떤 나무는 죽기 직전에 마지막으로 꽃을 피운대. 죽을 때가 된 걸 알고 다음을 잇는 대를 만들고 싶어서."

그 말에 나도 머리 위에 피어 있는 라일락을 바라보았다.

"죽을 때를 알고……."

순간, 사방에 가득히 피어 있는 색색의 꽃들이 죽음을 향해 손짓하는 물결처럼 보였다.

그리고 그걸 바라보는 한영의 얼굴은 말로 표현할 수 없을 정도로 서늘했다. 저럴 때면 영은 이곳이 아닌, 저 멀리 다른 곳에 있는 것만 같다. 내가 가 보지 못한 아주 멀고 먼 우주나 닿지 못한 마음속 심연에.

그래서 영이 바로 옆에 앉아 있는데도 어쩐지 아득한 기분을 느껴야만 했다. 보이지 않는 물이 영을 짓누르고 있는 것 같았다. 영의 뺨 위로 투명한 물그림자가 일렁이고, 아무 소리도 들리지 않고, 결국 깊은 곳으로 가라앉아 버릴까 봐 문득 겁이 났다.

"영."

내 부름에 영은 한 박자 느리게 고개를 돌렸다. 우리의 시선이 마주쳤다. 두 개의 우주선이 궤도를 맞춰 랑데부를 하듯. 서로의 궤도가 맞은 시선을 그대로 유지한 채 영이 천천히 입을 열었다.

"하지만 그래야 또 다음이 있으니까."

무슨 뜻인지 이해하지 못하던 나는 뒤늦게야 그 말이 방금 한 꽃 이야기와 연결된다는 것을 알아차렸다. 죽음이 있어야만 다음이 있다는 말이었다.

물론 꽃들은 그럴지도 모른다. 하지만 우리는?

퍽!

나는 그게 무슨 소리인지 몰랐다. 그렇게 오랫동안 살아오면서도 단 한 번도 들어 본 적 없었던 소리였으니까.

하지만 그 소리의 첫 파열음을 듣는 순간, 뭔가가 아주 잘못되었다는 것을 직감했다. 순식간에 팔뚝을 타고 소름이 돋았다. 머리털까지 곤두선 기분이었다.

아주 잠깐의 정적. 쏟아지는 뜨거운 태양 아래, 모든 것이 일순 멈췄다. 바람에 움직이던 잎사귀 그림자마저 그대로 정지했다.

어디선가 새된 비명이 터져 나왔다. 정적을 찢는 비명이었다. 그와 함께 이번엔 온 세상이 울렁거렸다. 영이 자리에서 일어났고, 나도 일어나 별관 쪽을 향했다.

"영……."

나도 모르게 앞에 서 있는 영의 손을 꽉 붙잡았다.

거기엔 보이지 않는 선이라도 그어져 있는 것처럼 아이들이 동그랗게 서 있었다. 누구도 그 이상 가까이 가려고 하지 않았다. 모두의 눈에 똑같은 것이 비치고 있었다.

빈 둥근 무대. 새빨간 피가 거기에 또다시 동그라미를 만들어 냈다. 손가락 끝이 움찔거렸던 것도 같다. 눈동자는 이미 텅 비어 있었다. 하얀 교복 끝자락이 이질적인 색깔로 물들어 갔다.

생생하다.

너무나 생생한 죽음이다.

"김재희!"

누군가가 그 이름을 부르면서 멍하니 서 있는 아이들 사이로 뛰쳐나왔다. 그 애와 눈이 마주쳤다. 한성제였다.

*

죽었대, 정말로.

정말로 죽은 거야.

옥상에서 떨어져서…….

소문은 아주 빠르게 퍼졌다. 보이지 않는 전염병처럼.

툭 치면 그대로 터져 버릴 것 같은 공기가 아이들 사이를 가득 채웠다.

김재희는 앰뷸런스에 실려 갔고 떨어진 자리는 천으로 덮였다. 그러나 그 흰 천이 오히려 모두의 시선을 계속해서 끌어들였다.

"흑, 흑흑……."

누군가가 참지 못하고 울음을 터뜨렸다. 분위기에 휩쓸린 아이들 몇이 작게 따라 울었다. 울지 않는 아이들은 멍하니 자리에 앉아 있거나 책상에 그대로 엎어져 있었다. 몇몇은 자신이 본 걸 부정하고 싶은 듯했다. 한자리에 모여 서로의 손을 잡고 있는 아이들도 있었다.

교실은 어스름한 여름의 청색 어둠 속에 잠겨 있었고, 모든 게 꿈만 같았다.

나는 그 광경을 한 발짝 떨어져서 바라보았다. 아이들은 술렁이고 있었다. 들판의 풀들이 불어오는 바람에 이리저리 움직이는 것처럼.

하지만 이 바람이 어디서 왔으며 어느 쪽으로 저들을 몰아가는지 나는 아직 모른다. 여전히 소름이 돋은 팔을 계속 손으로 쓸어내렸다.

울고 있는 아이들의 모습은 너무나 이질적이어서 마치 영화를 보는 것만 같았다. 어쩌면 내 감각이 이 상황을 받아들이고 싶지 않아서 그렇게 단절시켜 버리는 걸 수도 있었고. 김재희의 죽음에 대한 충격은 그대로였지만, 머릿속 한구석은 점차 차갑게 내려앉았다.

죽음은 이미 일어난 일이다. 되돌릴 순 없다. 그렇다면 내가 할 수 있는 건 그 죽음이 어떤 의미를 가지고 있는지, 저 뒤로 어떤 맥락이 흐르고 있는지, 앞으로 우리에게 어떤 영향을 끼칠지 알아내는 것이다.

"죽었어."

아직 종말론자들이 나타나지도 않았는데 사람이 죽어 버렸다. 사실 이런 건 생각하지도 못했다. 있어서는 안 되는 일이었다.

"미래야."

영이었다. 어떻게 된 일인지 알아보겠다며 다녀온 거였다.

"어떻게 된 거래? 누가 그랬어?"

내 질문에 영이 조용한 목소리로 대답했다.

"다른 누가 그런 게 아니야."

"그게 무슨 뜻……."

거기까지 말한 나는 입을 다물었다.

"설마."

고개를 저었다.

"아니지?"

그러나 내 질문에 영은 입을 꾹 다물었다.

"그럴 리가 없잖아!"

내 목소리에 몇몇 아이가 이쪽을 돌아보았다. 나는 얼른 영의 팔을 잡고 교실 밖으로 나왔다. 차갑고 눅진한 공기가 우리를 덮었다.

"다른 누가 그런 게 아니라는 건…… 김재희가 스스로 떨어졌다는 거야?"

"그래."

영의 대답에 나는 바닥에 가득하던 붉은 웅덩이를 떠올렸다. 쓰러져 있던 김재희의 얼굴, 떨리던 손가락과 피에 젖어 가던 머리칼마저.

예민하게 빛나던 김재희의 눈동자는 아무 의미도 없이 텅 비어 있었다. 뭔가가 잘못되어 가고 있다는 생각이 들었다. 이건 아니다. 이렇게 죽는 건 있을 수 없다.

"말도 안 돼! 영, 너도 지금 이게 일어날 수 없는 일이라는 거 알잖아!"

일어날 수 없는 일.

이곳의 육체들은 만들어진 존재로, 지구인이 심어 놓은 프로그램대로 살게 되어 있다. 언제든 지구인의 영혼을 받아들일 수 있도록 준비된 상태에서 보호 행성 안의 삶을 살 수밖에 없다는 의미다.

지구인들에게는 육체의 보전이 무엇보다도 가장 중요하다. 그렇기에 서로 싸우거나 죽이는 상황을 방지하기 위해 지구에 있는 육체들에게는 위험 요소가 세심하게 제거된 성격이 부여됐다.

그리고 지구의 육체들에게 죽음은 개념적으로만 존재하는 것이다. 개별적으로 맞춘 프로그램은 육체를 가장 잘 돌볼 수 있는 세팅값대로 흘러가고, 이곳에는 병이나 예측할 수 없는 사고도 없다. 자연적으로 노쇠한 몸은 다음 몸으로 재탄생한다.

단, 재탄생이라고 해서 기억이 유지되는 건 아니다. 그저 같은 지구인의 영혼과 연결된 몸이어서 붙여진 표현이다. 극단적으로 말하자면, 상품에 붙은 번호가 똑같이 유지되는 것과 같다.

아무튼 중요한 건 죽음도 탄생도 지구의 육체들과는 거리가 멀다는 점이다. 일어날 수 없는 일이었다.

"이곳에 있는 육체들은 스스로 죽음을 선택할 수 없어. 너도 잘 알고 있잖아!"

"다른 애가 옥상에서 김재희를 봤다고 진술했어. 관련 영상도 내 눈으로 확인했고."

"그 애가 대체 뭐라고 말했는데?"

그렇게 물으면서도 대답은 듣고 싶지 않았다. 뭐가 됐든 듣고 싶지 않은 내용이 담겨 있을 게 분명했다.

"옥상에서 떨어지기 전에 김재희가 이런 말을 했대."

영이 나를 보았다.

"……너도 곧 오게 될 거라고."

아주 차가운 바람이 우리를 지나쳤다.

나는 눈만 깜박였다. 김재희의 그 말이, 무슨 뜻인지 완벽히 파악할 수 없었다.

"오게 될 거라고?"

"응, 그랬대. 그러고 나서 바로 옥상에서 떨어졌다고."

작열하던 햇빛을 떠올렸다. 그때 그 시간, 우리는 같은 햇빛을 맞고 있었다. 꽃이 사방에 가득히 핀 계절에 김재희는 죽음을 선택했다.

이제 그럴 수 있느냐 없느냐는 중요하지 않아졌다. 김재희가 이미 보여 주지 않았는가.

"올라가 보자."

내 말에 영이 물었다.

"어딜?"

"옥상에."

영이 대답하기도 전에 나는 계단을 올랐다. 옥상은 평소에 애들이 자주 쓰는 곳은 아니다. 별관은 3학년들만 쓰고, 공부하기도 바쁜 수험생들은 옥상에 올라갈 생각을 하지 않는다.

휘잉!

철문을 열자마자 바람이 세게 불었다. 동산 가장 위편에 지어진 건물이기에 옥상에 서자 사방으로 들판이 보였다.

"김재희는 들판의 소리를 들었다고 했어."

뒤따라 온 영이 물었다.

"그게 재희의 죽음이랑 연관이 있다고 봐?"

"종말론자들을 찾기 위해 들판을 뒤지면서 이런 생각이 들었거든. 어쩌면 우리가 찾고 있는 게 눈에 보이지 않는 것일 수도 있겠다고."

내 말에 영의 얼굴이 굳었다.

"눈에 보이지 않는, 일종의 병 같은 거라면? 만약 그게 육체에 옮겨 붙어서 이렇게 아이들을 죽음에 몰아넣는 거라면?"

영이 천천히 고개를 끄덕였다.

"그런 거라면 모든 상황이 설명되긴 하지."

들판 어딘가에 숨어 있다가 적절한 숙주가 나타나면 거기에 옮겨 붙는다. 그렇게 퍼지는 종말론이라면 위험하기 짝이 없다.

나는 천천히 걸음을 옮겨 김재희가 떨어진 난간을 잡았다.

"이곳에서 김재희는 무슨 생각을 했을까. 뭘 봤을까. 너도 곧 오게 될 거라는 건 무슨 의미일까. 김재희는 죽어서…… 어디로 간다고 믿은 걸까."

고개를 빼 아래를 보니 좀 더 짙어진 어둠 속의 흰 천이 떨어진 꽃잎처럼 보였다.

"이 지구의 육체들에게 죽음은 허락되지 않는데, 대체 죽음으로 뭘 이루고 싶었던 거지."

김재희가 죽은 이 순간이, 참으로 아이러니하게도 그 애가 진짜 살아 있었다는 증거처럼 느껴졌다.

이곳에서 떨어지는 찰나에 김재희는 마지막으로 무엇을 떠올렸을까.

"웃고 있었어."

영의 말에 나는 고개를 돌렸다.

"뭐라고?"

"영상에 김재희가 난간에서 떨어지는 순간이 잡혔거든. 흐릿하긴 했어도 확실해. 웃고 있었어."

숨을 가만히 내쉬었다. 그렇지 않으면 이대로 숨이 콱 막혀 버릴 것만 같았다.

"……뭐든 찾아내야 해. 김재희를 죽음까지 몰고 간 게 뭔지."

다른 아이들마저 죽게 놔둘 순 없다.

그저 지구에 있는 육체들을 지키려는 게 아니다. 나는 김재희를 알고 있다. 보호 행성에 있는 육체 중 하나로서가 아니라, 정말로 김재희에 대해서 알고 있다는 의미다.

내 것이 아닌 기억 속에는 그리 친하진 않았지만 그래도 간간이 김재희의 모습이 있었다. 항상 예민한 얼굴이었지만 가끔은 웃을 때도 있었다. 유독 그 장면들이 선명하게 떠오르는 건, 아마 내 몸 역시 그걸 신기하게 여겼기 때문일 것이다.

나는 김재희의 이름을 알고 얼굴을 알고 목소리를 알며, 아주 가끔 웃을 때 어떤 식으로 웃는지 안다.

이제는 영영 보지 못할 것들이다.

정말로 종말론자들을 찾아내고 싶다. 조사단이고 지구인이고 상관없이, 내가 종말론자들을 찾고 싶다.

메시지에 따르면 종말론자들은 지구에 있는 육체 전부를 죽이려고 한다. 왜 지구인지, 왜 아무 잘못도 없이 살아가고 있는 육체들을 죽이려고 하는 건지, 정말로 알고 싶다.

"이렇게 전부 죽게 놔둘 순 없어."

그렇게 말하는 내 시야에 문득 뭔가가 들어왔다. 짙은 푸른빛의 여름밤 하늘, 떠 있는 희붐한 달. 달빛이 반짝이는 들판의 한쪽이 파도처럼 굽이쳤다.

그리고 들이치는 파도를 따라 움직이는 것이 있었다. 파도를 타고 있었다. 아니면 그것이 파도를 만들어 내거나. 둘 중 어느 쪽인지는 알 수 없었다.

"영……."

내 부름에 영이 옆으로 왔다. 영 역시 나와 같은 걸 본 모양이었다. 그것은 반짝이는 잎사귀들을 가로지르며 움직였다. 아주 빠른 속도였다.

"가자."

우리 둘은 동시에 뛰었다.

*

그때 내 머릿속엔 다른 건 아무것도 없었다. 그저 저것이 무엇이든 잡아야 한다는 마음뿐이었다.

메시지를 전달받은 이후 매일같이 들판을 조사했는데, 오늘은 더욱 이상했다. 부쩍 자란 풀들이 우우— 하며 밀려왔다.

"미래! 이쪽으로!"

저쪽에서 영이 소리쳤다. 소리가 난 곳을 향해 뛰었다. 짙은 초록빛과 밤의 남색이 뒤섞였다.

"어디야?!"

"여기!"

영의 모습은 이제 보이지도 않았다. 다시 목소리가 들려오는 곳으로 뛰었다. 풀들이 점점 더 키를 높여만 갔다. 어쩐지 숨이 턱 막혔다.

"영!"

커다랗게 소리쳤지만, 이번엔 돌아오는 답이 없었다.

"영! 한영!"

제자리에 서서 영을 불렀다. 그러나 들려오는 건 잎사귀들이 바람에 쓸리는 소리뿐이었다.

"어디 있어? 내 목소리 들려?!"

영의 목소리는 아무 데에서도 들리지 않았다. 내 앞에는 시퍼런 풀빛 파도만이 가득했다. 풀들이 움직였다. 파도처럼. 아니, 어쩌면 진짜로.

쏴아악—! 쏴아아— 쏴아아!

눈을 커다랗게 떴다. 움직이는 소리가 점차 더 세지더니 그대로 풀들이 서로 엉겨 붙기 시작했다. 한 덩어리가 된 들판이 우우— 움직이기 시작했다.

도망쳐야 한다.

머릿속에서 종이 뎅 뎅 울렸다. 지금 여기서 나가야 한다.

"영! 어딨어!"

풀들이 커다랗게 굽이쳤다. 흘긋 뒤를 돌아보았다. 너른 녹빛 바다가 펼쳐져 있었다.

온다!

쏴아아아!

이쪽으로 몰려오는 시퍼런 파도에 눈을 꼭 감았다. 차가운 물이 나를 덮었다. 옷과 머리카락이 뒤로 밀려났다. 숨이 턱 막혔다.

"살려, 살려 줘……!"

파도에 밀려 몸이 떴다가 아래로 가라앉았다. 진짜 파도였다.

눈을 겨우 떠 앞을 보았다. 밀려오는 파도가 풀처럼 움직였다. 풀이 파도인지, 파도가 풀인지 알 수 없었다.

어떻게 해야 할지 몰라 마구잡이로 팔다리를 휘저었다. 하지만 아무리 저어도 몸은 계속 내려앉았다. 저 아래서 누군가가 나를 잡아당기고 있는 것 같았다. 점점 폐 속 공기가 희박해졌다. 위로 올라가야만 했다.

'안 돼!'

머리가 빙글 돌았다. 그러나 수면은 점점 멀어져만 갔다. 정말 턱 끝까지 숨이 찼다.

여기서 죽으면 어떻게 되는지, 나는 모른다. 지금은 몸과 영혼이 합일한 상태니, 죽는다면 그 옛날 지구인들처럼 영혼마저 소멸될 가능성도 배제할 수 없다. 그럼 정말 다 끝나는 걸까?

시야가 흐려졌다. 나는 내가 어떻게 죽을지 제대로 생각해 본 적이 없다. 죽음은 지구인이 이미 극복한 것 중 하나니까.

하지만 이렇게 죽는 건 싫은데. 지금 죽으면……

나를 기다렸다고 말하던 영의 목소리가 떠올랐다. 영은 아마 내가 잠들었다고 생각했겠지만, 쏟아지는 잠의 손길 속에서도 그 말만큼은 분명히 들었다.

그것만으로도 나는 내가 이곳에 온 소기의 이유를 달성했다고 생각했다. 영은 나를 기다리고 있었다. 다른 누구도 아닌, 오로지 나만을.

그게 사랑인지 아닌지 모르겠다고 영은 말했지만, 나는 그것이 사랑이 아닐 리 없다고 생각한다. 시간이 지나면 알게 될 것이다. 우리 모두.

우리가 지난하게 해 온 모든 것이 사랑이라는 걸, 결국은 깨닫게 될 거라고 믿는다.

그러니 나는 여기서 죽고 싶지 않다. 살고 싶다.

"장미래!"

누군가가 내 손을 강하게 잡았다. 밀려오는 파도를 능숙하게 타며 위로 나를 이끌었다. 수면 위로 올라온 나는 가장 먼저 커다랗게 숨을 내뱉었다. 폐 안으로 공기가 들어가자 그제야 온몸이 비명을 질러댔다.

"정신 들어?"

나를 붙잡은 강한 손. 그건 여기서 죽고 싶지 않다는 내 기도에 내려온 대답 같았다.

"괜찮아?! 내가 누군지 알겠어?"

나는 멍하니 나를 살린 그 애의 젖은 얼굴을 보았다.

"왜……."

왜 네가 여기 있어.

"한성제."

내가 이름을 말하자 한성제가 순간 환하게 웃었다. 처음 보는 얼굴이었다. 그 미소는 진짜였다. 세상에 영원히 숨길 수 있는 건 없다.

그때 깨달았다. 한성제가 내게 가지고 있는 감정을.

"너, 나를 좋아하는구나."

풀의 바다에 달빛이 쏟아지고, 죽었다가 살아난 나는 사랑을 보았다.

한성제

좋아한다는 건 어떤 감정일까.

그 누구도 우리에게 좋아한다는 게 어떤 건지 알려 주지 않았다. 아니, 정확히 말하면 아무도 좋아한다는 게 무엇인지 알려고 하지 않았다. 오래된 책에서도, 영화나 드라마에서도, 심지어는 우리가 공부하는 교과서에서도 사랑과 좋아함에 대해 말하고 있었지만, 우리 중 누구도 그런 감정을 느끼지 못했다. 시험 지문에 나온 화자가 어떤 기분을 느끼고 있는지는 금방 파악했지만, 정작 스스로는 어떤 감정을 가지고 있는지 몰랐다.

중요한 건 아무도 그것에 대해 의문을 제기하지 않았다는 점이다. 의문이 생기지 않는 것은 그대로 묻히고 잊힌다. 궁금할 정도로 대수롭지는 않다는 뜻이니까.

"이상하지 않아?"

가장 처음 궁금증을 가진 건 다름 아닌 장미래였다. 그렇게 묻던 미래의 눈동자는 무엇보다도 반짝였다. 어둠 속에 꼭꼭 숨겨 놓는대도 그 눈동자만큼은 여전히 빛날 거라는 생각이 들었다.

나와 미래는 이곳에서 함께 태어나 자랐다. 초등학교와 중학교를 넘어 세종고등학교까지 함께 입학했다. 처음에 어떻게 친해졌는지 기억도 나지 않을 만큼 오랜 시간을 함께했다.

우리 사이는 달과 지구 같았다. 서로를 인력으로 끌어당기면서도 적절한 거리를 유지해, 부딪치지 않고 계속 서로의 주변을 빙글빙글 맴돌았다. 가끔씩 우리 사이로 들어오는 다른 혜성이나 별똥별 들이 있었지만 그게 우리 사이를 망치지는 못했다.

나는 전지훈련을 위해 오랫동안 다른 나라로 떠나곤 했고, 미래는 늘 이곳에 있었다. 계절이 바뀌는 동안 나는 다른 나라에서 종종 미래를 생각했다. 변하지 않는 도시에서 가장 반짝이는 눈을 가진 사람을.

미래는 가끔 내가 연습하는 걸 보러 왔다. 물론 시간이 남을 때 한정이었다. 그것도 늘 아무도 없는 비공식 연습 시간에만 찾아왔다. 사람이 많은 건 질색이라고 했다.

교복이 젖든 말든, 미래는 수영장 바닥에 주저앉아 내가 연습하는 걸 가만히 지켜보았다. 그럴 때면 나는 목표 시간 대신 레일 끝에 앉아 있는 미래를 향해 물살을 가르곤 했다. 레일 끝에 닿아 고개를 들어 올리면 미래와 눈이 마주쳤다.

그 시간이 좋았다.

커다란 수영장에는 물소리만이 가득했고, 나와 미래는 아무 말도 없이 그저 서로를 바라보았다.

미래는 숙제를 할 때도 있었고, 헤드폰으로 노래를 들을 때도 있었고, 가끔은 구식 카메라를 가져와 내 모습을 찍을 때도 있었다. 뭘 하든 거기에 미래가 있다는 사실이 내겐 제일 중요했다.

그리고 그날은 미래가 작은 주머니에 뭔가를 잔뜩 넣어 온 날이었다. 밖으로 나와 보라는 듯한 손짓에 몸의 물기를 대충 털어낸 채 미래가 앉아 있는 곳으로 향했다.

"뭐가 이상하다는 건데?"

"우리는 스스로에 대해 아무것도 몰라."

나는 미래의 말이 무슨 소리인지 알 수 없었다.

"그게 무슨 말이야?"

"우리는 전부 중간값만 가지고 있잖아."

"중간값? 미래야, 나 수학 잘 못하는 거 알지?"

내 말에 미래가 혀를 찼다.

"수학 이야기가 아니야. 사람들의 성격과 관계, 느끼고 표출하는 모든 것에 대해 말하는 거야."

이야기는 점점 더 미궁으로 빠졌다. 나는 그때까지도 미래가 무슨 소리를 하는 건지 하나도 이해하지 못했다.

"우리가 이해할 수 있는 감정, 아니, 적어도 존재한다고 생각하는 감정을 0에서 100까지 스펙트럼으로 놓아 보자고."

그러면서 미래는 자신이 직접 만든 단어 카드를 쫙 늘어놓았다. 거기엔 감정에 대한 단어들이 적혀 있었다. 우정, 존경 같은 것부터 질투, 시기심 등 부정적인 감정 그리고 자기 파괴와 사랑이라는 단어까지.

"이 중에서 성제 네가 직접 경험한 감정은 뭐가 있어?"

"직접?"

"응, 네가 직접."

나는 카드들을 내려다보았다. 어려울 것도 없다고 생각했다. 손을 뻗어 몇 장의 카드를 들었다. 미래는 그런 내 모습을 가만히 지켜보았다.

다섯 장 정도 가져왔을까. 내 손이 느려졌다. 좌절감 위에서 고민하다가 카드를 집어 들었다.

"정말이야?"

미래가 물었다.

"정말로 네가 좌절감을 느낀 적이 있어?"

"시합에서 지면……."

"그게 네 다음 시합에 영향을 미친 적은 없잖아. 안 그래? 좌절감에 빠져서 잠 못 잔 적 있어?"

날카로운 물음이었다.

"……없지."

좌절감 카드를 놓고는 다른 카드를 보았다. 몇몇 카드 위에서 손이 오락가락했지만, 결국 더는 가져올 카드가 없었다.

"이게 전부인 것 같아."

내 앞엔 고작 여섯 장의 카드가 있었다. 미래가 입을 열었다.

"적어도 내가 이 실험을 한 사람은 다 비슷해."

그러고는 카드를 모아 다시 주머니 안에 넣었다.

"뭐가 비슷하다는 거야?"

"이렇게나 많은 감정이 있는데 우리가 느끼는 감정은 대여섯 개가 고작이야. 그것도 극단적인 것들을 제외한 나머지 중에서만 고르지."

"그냥 그 정도가 보통 사람인 것 아니야?"

"1에서 100까지의 감정이 있는데 50에 가까운 감정 몇 가지만 느끼는 게 보통이라고?"

나는 그제야 미래가 말한 중간값이라는 게 뭔지 깨달았다.

"우리는 전부 극단적인 감정을 한 번도 느껴보지 못했어. 마치 그 감정들은 제한 구역인 것처럼 말이야."

제한 구역.

비로소 한 번도 느끼지 못한 것들에 대해 자각할 수 있었다.

그러네. 저기에 다른 것이 많았네.

그러나 그것들은 지금까지 중요한 것이 아니었기에, 보고도 금방 잊어버리거나 기억에 남지 않았다. 그렇게 못 본 것이 되었다.

"누가 가지 말라고 한 것도 아닌데 말이야. 안 그래?"

미래가 작은 목소리로 말을 이었다.

"자연적인 확률로 이럴 수 있을까?"

그렇게 묻는 미래의 눈동자가 찰랑이며 빛났다. 언제나 나와 함께인 물결처럼.

내가 왜 수영을 선택했을까. 특별한 이유는 없었다. 생각해 보면 그것도 참 이상한 일이다. 그냥 원래 그렇게 정해져 있었던 것처럼 수영을 시작했고, 지금까지 해 왔다. 언젠가 인터뷰에서 "왜 수영을 좋아하시나요?"라는 질문을 받았을 때, 제대로 답변하지 못하고 시간만 어영부영 흘려보낸 적도 있다.

나는 오히려 그 질문을 받고 좋아한다는 게 뭔지 되물어보고 싶었다. 그럼 당신은 뭘, 어떻게 좋아하시나요? 그걸 좋아한다는 걸 어떻게 알았나요?

아마 그 사람 역시 나와 비슷했을 것이다. 아무렇지 않게 물어봤겠지만, 막상 그 질문에 진지하게 답변하려면 말문이 턱 하고 막혔을 것이다. 그리고 종내에는 뭘 어떻게 대답해야 하는지 모르게 되어 버렸을 것이다.

"지금까지 우리가 관심 가지지 않은 부분이 너무 많아. 그리고, 그 부분들이 너무 정교하다는 생각이 들었어."

"정교하다고?"

내 물음에 미래가 고개를 끄덕였다.

"극단적인 감정들, 심지어는 뭔가를 좋아한다는 감정조차 제대로 알지 못하도록 아주 세밀하고 정교하게 설정되어 있잖아. 꼭 누군가가 일부러 그렇게 의도한 것처럼."

나는 미래를 쳐다보았다. 지금 하는 이야기가 진심인지 알고 싶었다. 미래의 얼굴엔 웃음기 하나 없었다.

"정말로 그렇게 생각하는구나, 너……."

"성제야."

이상했다. 그동안 미래가 몇천 번도 넘게 내 이름을 불렀을 텐데, 이번에 부른 내 이름은 다른 색깔을 띠고 있는 것만 같았다. 그게 뭔지 말해 보라고 하면 뭐라고 불러야 할지 몰랐지만, 거기에 다른 무언가가 있다는 것만큼은 분명 느껴졌다.

"내가 널 좋아해."

찰랑거리는 물소리가 사방에서 났다. 동시에 미래의 눈에서도 눈물이 흘러내렸다. 아래로 뚝 흐른 눈물방울이 내 몸에서 흘러나온 수영장 물과 뒤섞여 타일 위를 빛냈다.

반짝거렸다. 그건 너무나 반짝였다.

나는 그제야 미래의 그 말이 '진짜'라는 걸 깨달았다.

그렇구나. 이게 진짜구나. 너무 반짝이고, 위험해 보이고, 손에 닿으면 어쩔 줄 모르는 이게, 진짜구나.

이거다. 미래는 이 마음을 먼저 알아챈 것이다. 그래서 저런 말을 할 수 있었던 것이다. 진짜를 알아 버린 이상, 그전으로 돌아갈 순 없었을 테니까.

난 할 말을 잃었다. 내가 여기서 어떤 대답을 해야 맞는 건지 몰랐다. 아무도 알려 주지 않았다.

아니, 그 누구도 관심이 없었다. 나도 그랬다. 무엇을 좋아하고 무엇을 소중히 여겨야 하는지, 또 그런 마음을 받았을 때 어떻게 답하는 게 좋은지 단 한 번도 신경 쓰지 않았다. 그래서 도대체 어떻게 해야 할지 모른 채 멍하니 미래만 쳐다보았다.

미래가 웃었다. 서글픈 미소였다.

"응, 이럴 줄 알았어."

"잠깐, 미래야, 그러니까……."

"아니, 대답하지 마."

그러면서 미래는 고개를 저었다.

"지금 성제 네가 어떤 대답을 하든, 내가 원하는 건 아닐 거야."

그렇게 말하는 미래는 여전히 슬픈 미소를 짓고 있었다. 어쩔 수 없이 이 상황을 받아들여야만 한다는 얼굴.

"그게, 무슨 말이야? 미래야, 나 정말 하나도 모르겠어."

미래가 가만히 내 뒤로 펼쳐진 수영장을 바라보았다. 맹세코, 그렇게 슬픈 미래의 얼굴은 본 적이 없었다.

물론 나에게도 이따금 위로할 만한 일이 있긴 했다. 그러나 그런 것들은 전부 그저 "그것참 슬픈 일이네. 안됐구나"라고 말하며 치워 버릴 수 있었다. 지금까지 나는 그게 슬픔인 줄 알고 살았는데, 사실은 전혀 아니었다는 걸 이제야 깨달았다.

가만히 물결을 응시하고 있는 미래의 지독히도 깊은 눈만이 진짜 슬픔을 담아 내고 있었다. 나는 숨을 죽인 채 그저 바라보는 수밖에 없었다. 혹시라도 미래의 슬픔이 한 번 더 넘치면 내가 어떻게 해야 할지만을 생각하면서.

"……난 미쳤어."

시선을 돌리지도 않은 채, 미래는 그렇게 말했다.

"대체 누가 그래?! 그런 말도 안 되는 소리 어디서 들었어?"

내 외침에 미래가 겨우 고개를 돌렸다.

"내가 알아. 내가 느끼고 있어."

"뭐라고?"

미래가 내 어깨를 잡았다. 젖은 내 어깨에 닿은 미래의 손이 뜨거웠다.

"성제야, 나는 미치고 있어. 다른 사람들은 생각지도 않는 감정들을 전부 느끼고 있다고."

미래는 작은 목소리로 속삭였다.

"왜 내가 미쳐야 하는 건지도 모르겠어. 왜 갑자기 나만 이렇게 됐을까? 왜 나만 이런 것을 다 느껴서, 나 혼자……!"

커다랗게 치뜬 미래의 눈엔 공포심이 어려 있었다.

우리는 영화와 드라마, 이야기를 통해 수많은 감정에 대해 배웠다. 그래서 미래가 공포에 질려 있다는 걸 겨우 알아챌 수 있었다. 그러나 이미 죽은 영상 속에 몇 시간에 걸쳐 담겨 있는 감정보다 미래의 얼굴에 퍼지는 찰나의 감정이 백배는 더 강렬했다.

"난 우리가 아주 상냥하고, 동시에 아주 교묘한 세상을 살고 있다고 생각해. 우리가 위험해질 일은 전혀 없는 세상을 누군가가 세밀하게 조정해서 만든 거지. 넘을 수 없는 가이드라인이 주변에 몇 겹이고 둘러싸고 있는 느낌이야."

"……그게 나쁜 거야?"

참으로 멍청하게도, 그렇게 말했다. 하지만 미래는 내게 화내지 않았다.

"안전하지만 자유롭진 않지. 우리는 그렇게 살다가 그렇게 죽을 거야."

거기까지 말한 미래가 내 어깨에서 손을 뗐다. 뜨거운 손이 떨어진 자리에 좀 더 차가운 기운이 돌았다.

"그러니 내가 널 좋아하는 것과 네가 나를 좋아한다는 말의 뜻은 전혀 달라. 같아질 수가 없어."

같아질 수가 없다.

그 말에 나는 희미한 절망을 느꼈다. 아마 그것이 이 모든 일의 시작이었을 것이다. 나의 좋아하는 마음은 미래의 좋아하는 마음과 같아질 수 없다. 미래에게 닿을 수 없다.

"하지만……."

미래가 천천히 말을 덧붙였다.

"하지만 난 여전히 너에게 대답을 듣고 싶어."

그러고는 내 손을 잡았다. 그건 앞으로 우리 사이의 약속이 될 것이었다.

"좋아하는 사람에게 대답 하나 듣지 못하는 건 너무 슬프잖아. 그러니까 말해 줘. 네 진짜 대답을. 기다리고 있을게."

*

그렇게 말하던 미래는 정말로 언젠가 내 대답을 들을 수 있을 거라는 희망을 품고 있었을까? 아니면 그저 객기에 가까웠을까.

미래는 결국 내 대답을 듣지 못했다. 정확히는, 내 대답을 기다리지 못했다.

"……재희는 미래가 죽었다고 생각했어."

천천히 걷는 내 뒤로 두 사람이 따라왔다.

해가 떠오르기 전까지는 아직 시간이 좀 남아 있었다. 어둠에 잠긴 녹빛 바다는 부는 바람에 이리저리 흔들렸다.

"아니, 정확히 말하면 미래가 늘 말했던 대로 완전히 이곳에서 빠져나갔다고 생각했지."

"빠져나갔다고……?"

그렇게 묻는 목소리는 내가 알고 있는 미래의 목소리와 똑같다. 똑같지만, 똑같지 않다. 높낮이와 목소리의 형태는 같지만 그 안에 깃든 분위기는 다르다.

뒤를 돌아 장미래와 한영을 보았다. 나는 저 둘 모두를 알고 있다. 세종고에 다니는 아이들 대부분은 이곳에서 태어나 이곳에서 자랐다. 모르는 게 더 이상하다.

하지만 정말로 내가 저 둘을 알고 있다고 말할 수 있을까? 지금 이 순간조차 나는 고민하고 있다.

그래, 나는 저들이 누군지 모른다. 그러니 어쩌면 지금 내가 모든 걸 망쳐 놓는 걸 수도 있다. 미래가 깨닫고 재희가 지켜 온 것을, 내 손으로 망가뜨리고 있는 건지도 모른다.

그럴 수도 있지만, 나는 내 안의 감각이 말해 주는 걸 믿고 싶다.

들판의 바다에 빠져 허우적거리는 장미래를 본 순간, 다른 생각은 아무것도 들지 않았다. 그저 구해 내야 한다는 외침만이 머릿속에 가득했다.

팔다리가 먼저 움직였다. 익숙하게 파도를 가르고 물 아래로 깊숙이 들어갔다. 파도가 크게 쳐서 방향을 잡기가 어려웠다. 들판의 바다가 이렇게 사납게 움직이는 건 본 적이 없었다.

그러나 나는 믿었다. 만약 들판의 바다가 정말로 장미래를 죽일 생각이었다면, 굳이 지금까지 기다리지 않았으리라는 걸.

장미래는 마구 뒤엉킨 풀 사이로 가라앉고 있었다. 장미래를 발견하자마자 손을 뻗어 붙잡았다. 이름을 불렀던 것 같기도 하다. 온 힘을 다해 장미래를 데리고 수면으로 올라갔다. 경기 때도 이렇게 온 힘을 쥐어짠 적은 없었다.

물 위로 올라가는 그 짧은 순간이 너무나 무서웠다. 혹시라도 그사이에 죽어 버릴까 봐. 갑자기 사라진 미래처럼, 장미래도 그렇게 될까 봐.

겨우 물 위에 올라오자 반쯤 뜬 눈동자와 시선을 마주칠 수 있었다. 장미래가 살아 있다는 걸 확인한 순간, 온몸이 녹아내리는 것 같았다.

"한성제."

너무나 익숙한 목소리로 내 이름을 불렀을 때, 아니라는 걸 알면서도 나는 미래가 내 앞에 있는 것만 같았다. 왈칵 안고 싶었다. 그리고 지금껏 밖으로 나오지 않도록 밀어 넣은 대답을 해 주고만 싶었다.

좋아한다고. 네가 날 좋아하는 마음처럼, 나도 널 좋아한다고.

정말로 그렇게 말하고 싶었다. 하지만 내가 할 수 있는 일은 단 하나뿐이었다. 입술을 꽉 깨물고, 가장 하고 싶은 그 말이 부지불식간에 흘러나가지 않도록 하는 것.

그러나……

그러나 채 숨길 수 없는 마음이 있다. 말하지 않아도 전해지는 것이 있다. 보여 주고 싶지 않아도 투명하게 보이는 것이 있다.

무방비 상태로 있는 내 마음을, 장미래는 금방 알아챌 수밖에 없었다.

"너, 나를 좋아하는구나."

들켰다.

이제는 돌아갈 수 없어.

그래서 모든 것을 걸고 저 둘을 여기로 데려왔다.

"여긴 해가 지고 난 후에만 나타나는 곳이야. 낮에는 풀 사이로 가라앉아 보이지 않지."

여길 찾아낸 것도 미래였다. 미래는 이곳을 기지로 사용하자고 했다. 이곳을 아는 다른 존재는 없을 거라면서.

지금 생각해 보면, 그때 미래가 '사람'이 아니라 '존재'라는 단어를 쓴 게 이상하다. 마치 사람이 아닌 다른 것도 충분히 있을 수 있다고 가정하는 투였으니까.

"저 바다는 진짜야?"

장미래가 물었다.

"아직도 모르겠어? 죽을 뻔했으면서."

내 대답에 장미래는 입을 다물었다.

"어떻게 그럴 수 있는 거지?"

이번엔 한영의 물음이었다.

미래는 나에게 한영에 대한 경계심을 늦추지 말라고 말한 적이 있다. 그게 무슨 소리인지 처음엔 몰랐지만, 장미래가 한영과 이야기하는 걸 보자마자 알아챘다. 저들이 누군지는 몰라도, 한영은 장미래와 같은 부류다. 처음부터 그랬다.

"자연은 이어져 있으니까."

파도치는 들판의 바다를 힐긋 보았다.

"들판은 바다가 되고, 바다는 산이 되고, 산은 강이 되곤 하지. 어떻게 그러는지, 왜 그러는지는 몰라. 우리가 아직 이해할 수 없는 것이 이곳엔 너무나 많거든."

하지만 분명 이유는 있을 것이다. 나와 미래와 재희는 그 이유를 찾으려고 애썼다. 그리고 점차 자연을 이용하는 방법을 터득해 갔다. 그게 올바른 방향인지는 몰랐지만, 뭐든 괜찮았다.

지금도 마찬가지다. 과연 지금 내 앞에 있는 장미래는 어떤 대답을 해 줄까. 우리가 어떤 의미로 이런 결정을 내렸는지 깨달을 수 있을까?

뭐든 운명은 흘러가기 마련이다.

섬의 한가운데에 섰다. 여기엔 내가 만들어 놓은 작은 흙무덤이 하나 있다. 그 앞에 아직 성성한 꽃 한 다발이 놓여 있었다.

"재희가……."

내가 가져다 놓은 건 아니니, 이건 아마 재희가 죽기 전에 마지막으로 둔 것일 테다. 꽃다발을 여기까지 가져온 재희의 마음이 어땠을지 짐작할 수 없었다.

나는 그 옆에 재희의 안경을 올려놓았다.

"무덤을 또 만들게 될 줄은 몰랐는데."

몸을 돌려 뒤에 있는 장미래와 한영을 보았다.

"이건 미래의 무덤이야."

"뭐라고?"

장미래가 눈을 동그랗게 뜨고 나를 보았다. 나는 천천히 대답했다.

"내가 말했지. 너는 미래가 아니라고."

"그게 대체 무슨 소리야? 나는⋯⋯."

"나를 기억도 못 하면서."

내 말에 장미래의 표정이 굳었다.

"역시, 너."

장미래가 나를 뚫어져라 쳐다보았다.

"내가 이번 전지훈련을 가기 전에 미래는 이상한 말을 했어. 어쩌면 자기가 죽을지도 모른다는, 말도 안 되는 소리였지."

믿지 않았다.

"자연사가 아닌 다른 죽음은 없는 세상이잖아. 우리는 아직 열아홉이라고. 죽으려면 너무나 많은 날이 남아 있지. 그런데도 미래는 정말로 그렇게 말했어."

그 말을 하던 미래의 얼굴은 평소와 똑같았다. 그래서 오히려 더 이상했다. 죽음을 말하면서도 미래는 두려움에 질린 얼굴이 아니었다.

"차라리 다행이라고 했지. 죽을 수 있어서 다행이라고. 이곳에서 오래오래 살아 봤자 결국 미치고 말 거라고도 했어."

재희도 나도 그 이야기를 그냥 웃어넘겼다.

아니, 웃어넘길 수밖에는 없었다. 다른 말을 하면 정말로 미래가 죽는 게 현실이 될까 봐 두려웠다.

"나는 대신 약속을 하나 해 달라고 했지. 내가 전지훈련을 가 있는 동안 매주 편지를 써 달라고 말이야."

"책상 선반 틈에 있던 주소……."

"맞아, 그건 내 주소였어. 정확히 말하면 내가 전지훈련을 하는 곳과 가장 가까운 보호 구역의 주소지. 들판의 바다에 편지를 띄워 보내면 며칠 안에 받아 볼 수 있거든."

"그런데 왜 난 아무 기억도 없지?"

장미래의 그 말에 나는 마침내 깨달았다.

지금 내 눈앞에 있는 사람은 내가 좋아하는 미래가 아닌 다른 존재라는 사실을, 이제는 인정해야만 했다.

"그러니까 이제 너도 말해."

한 걸음 앞으로 다가갔다. 장미래의 눈동자가 흔들리는 게 보였다.

"넌 미래가 아니잖아."

만에 하나라도 미래가 다시 돌아올지 모른다고 생각했다. 잠에서 깨면, 다음 날이 되면, 시간이 지나면. 악몽에서 깨어난 것처럼 미래가 다시 돌아오는 날이 있을 거라고 믿고 싶었다.

그러나 이젠 아니다.

내가 아는, 내가 좋아하는 미래는 지금 여기 없다.

"말해 줘. 미래는 어떻게 된 거야?"

장미래의 눈동자가 흔들렸다.

"이제는 말해 달라고, 제발!"

"나는……."

장미래가 말끝을 흐렸다.

나는 몸을 돌려 야트막한 흙무덤을 파헤쳤다. 곧 작은 상자 하나가 나왔다. 나와 재희가 함께 묻어 둔 것이다. 우리가 미래를 추억할 수 있는 것들을 모아 둔 상자.

흙이 묻어 있는 상자를 장미래에게 건넸다.

"네가 직접 확인해. 미래가 나에게 어떤 존재였는지."

저 안엔 우리가 나눴던 편지와 사진 들이 있다.

미래는 약속을 지켰다. 내가 전지훈련을 가 있는 동안 꼬박꼬박 편지를 부쳤다. 시간은 빠르게 흘렀다. 나는 미래가 한 이야기를 잊었다. 학교로 돌아갈 날이 곧이었고, 재희 역시 별다른 일이 일어날 것 같지 않다는 편지를 보냈다.

개학하고 나면 우리는 수험생의 신분이 될 예정이었다. 따로 이야기를 나눈 건 아니었지만, 미래도 재희도 대학 진학이 이곳을 빠져나갈 수 있는 유일한 수단이라고 생각하는 듯했다. 특별한 일 없이 대학에 진학할 수 있다면 아주 자연스럽게 평생을 산 이곳에서 벗어날 수 있다. 그럼 더 많은 정보와 이야기를 접할 수 있을 것이었다.

"그러면 나와 비슷한 사람이 더 있는지 알아볼 수 있을 거야."

나는 지나가듯 미래가 했던 말을 기억했다.

미래는 네크워크를 믿지 않았다. 그래서 이곳을 떠나지 않는 한, 다른 곳에 사는 사람들은 어떤 상황인지 알 수 없었다. 그렇기에 미래에게 고향을 떠날 수 있는 가장 자연스러운 방법은 이곳과 멀리 떨어진 대학에 진학하는 것뿐이었다.

그랬다. 일 년만 지나면 미래가 원하던 날이 올 것이었다.

'그랬는데……'

미래에게서 받은 마지막 편지는 그동안 미래가 보내오던 내용과 전혀 달랐다.

또다시 장미래

    상자 안 편지들은 내 글씨체로 내가 모르는 낯선 이야기를 하고 있었다. 편지 속 문장들은 대체로 짧고 평범했지만, 그걸로 안에 깃든 마음을 속일 순 없었다. 문장의 마지막마다 찍힌 온점엔 너를 더 보고 싶다는 그리움이 담겨 있었고, 살짝 기울인 글씨체에선 턱을 괸 채 이 편지를 받을 사람만을 생각하며 글을 쓰는 이의 모습이 숨어 있었다. 중간중간 지웠다가 다시 쓴 흔적에서는 어디까지 말해야 좋을지 모를 고민이, 편지와 함께 넣어서 보낸 클로버에는 너를 생각한다는 마음이 함께였다.

    그건 내가 모르는 '미래'의 마음이었다.

    마지막 편지는 개학 이틀 전에 보낸 것이었다. 내가 몸과 합일하기 직전에 보낸 그 편지는 그전에 보낸 것들과 퍽 다른 내용을 담고 있었다.

성제야, 난 느낄 수 있어. 말했지. 네가 돌아오기 전에 나는 죽을 거라고.

그렇게 시작한 편지는 편지가 아니라 유언 같았다. 자신이 없어지면 뭘 어떻게 해야 하는지 차분하게 적은 내용은 이런 생각을 한두 번 한 게 아니라는 걸 알려 주었다. 떨림 없이 깔끔한 글씨. 군더더기 없는 문장들.

성제, 난 네가 생각하는 방식으로 죽지는 않을 거야. 어쩌면 내 몸은 그대로 있을지도 모르지. 하지만 그건 내가 아니야.
내가 말한 적 있지? 우리가 사는 이 세상은 아주 교묘하고 상냥한 방식으로 누군가가 손댄 것만 같다고.
정말이야. 그리고 그렇게 만든 이들이 곧 이곳에 올 거야. 어떤 방법으로 오는 건지는 모르겠지만, 분명히 그들은 와.
재희에게 미리 말해 뒀어. 내가 며칠간 보이지 않으면 우리의 흔적을 전부 정리해 달라고. 내가 가지고 있는 네 편지들은 재희가 보관할 거야. 내가 보낸 편지들은 태워 주면 좋겠어. 우리가 하던 일들은 재희가 이어서 할 테니까 너는 크게 신경 쓰지 않아도 돼.
정말로 나에게 무슨 일이 생긴다면 네가 돌아온 후, 재희가 너에게 말해 주겠지만……. 아마 너라면 금방 알아차릴 거야.

나에게 무슨 일이 생겼는지, 너라면 보자마자 알 거야. 내가 그랬던 것처럼.

그냥 하나만 알아줘. 난 모든 힘을 다해 너를 지키려고 끝까지 노력할 거야. 그게 내가 네게 보여 줄 수 있는 내 마음의 전부일 테니까.

다른 건 다 괜찮은데, 네 대답을 듣지 못하고 가는 게 좀 그렇네.

……아니, 사실은 정말로 듣고 싶어. 보고 싶어.

편지의 마지막 글자들은 묘하게 번져 있었다. 눈물일 것이다.

편지들을 다 읽고 나서야 나는 지금까지 느꼈던 미묘한 간극이 어디서 기인한 건지 깨달았다.

지구에 내려온 후, 이상하게도 감각이 가끔 버퍼링이 걸린 것처럼 한 발짝 느리게 인식됐다. 지구살이는 생각처럼 매끄럽지 않았다. 분절된 감각 사이의 간극이 빈 공간으로 남아 하루하루 지나가는 시간 사이에 모래알처럼 끼어들어 꺼끌거렸다.

지금까지는 그 이유를 몰랐지만, 이제는 안다.

"내 몸이 반응하고 있었던 거야."

나는 육체와 영혼이 합일한 유일한 지구인이다. 그리고 이런 경우는 생각지도 못했다.

고개를 들어 한성제를 바라보았다. 여전히 그 애의 눈은 내 잠을 몇 번이나 설치게 했던 감정으로 가득했다.

"아니야, 이러면 안 되는 거잖아."

고개를 저었다. 최악이다. 이럴 순 없다. 그 어떤 지구인도 이런 상황이 펼쳐지리라고 생각하지 못했다. 나도 마찬가지였다.

"장미래, 날 봐."

한성제가 내 어깨를 붙잡았다.

"제발 말해 줘. 미래는 어디 있어? 어떻게 된 거야?"

내 눈앞에 있는 한성제는 '진짜'다. 육체 안에 있는 프로그램 따위가 아니다. 내가 한성제에게서 느낀 모든 이상함은 이 애가 진짜라는 걸 알려 주는 신호였다.

이 애는 육체를 보호하고 키우기 위해 만들어진 게 아니다. 스스로 생각하고, 느끼고, 누군가를 좋아하고, 싫어하고, 갈망하고, 시기하고, 갈림길에서 선택할 수 있는 존재다.

그리고 이건, 한성제와 장미래의 선택이었다.

나는 지금 그들의 선택 위에 서 있다. 그리고 그제야 그 선택을 '이해'했다.

"그래서 죽음을 선택한 거야?"

내 질문에 한성제가 그대로 동작을 멈췄다.

"재희가 스스로 죽은 이유 말이야."

저들은 우리 지구인이 만들어 낸 이 별을 떠날 수 없다. 그렇게 정해져 있으니까.

다른 것도 모두 마찬가지다. 이들의 궁극적인 목표는 단 한 가지. 육체를 건강하게 보살피는 것. 그 목표에 도달하기 위해 세심하게 짜인 프로그램대로 살아가는 게 전부다. 비록 저들은 그게 자신이 정한 것이라고 생각하겠지만, 아니다. 저들이 가지고 있는 흥미도, 계획도, 인생도 전부 단 하나의 목표를 위해 미리 설정된 것이다.

장미래와 김재희는 그것을 알아차렸다. 그들이 느낀 절망이 얼마나 컸을지 차마 짐작할 수 없었다.

"많은 걸 했겠지. 죽기 전에 해 볼 수 있는 건 다 해 봤을 거야."

그들은 자신들이 생각할 수 있는 모든 걸 다 했을 것이다.

하지만 돌파구는 그 어디에도 없었을 것이다.

"차라리 알지 못하던 때가 낫다고 생각한 적도 있었을 거야. 그렇지?"

내 물음에 한성제가 입술을 깨물었다. 새하얗게 질린 그 모습이 참으로 가여워 보였다.

"진짜가 뭔지 알지 못했더라면, 이런 잔인한 세계를 살지 않아도 됐을 텐데."

원래는 그냥 다른 이들처럼 상냥한 세계를 아무렇지 않게, 편안하게 살면 되는 것이었다. 그러나 깨진 알은 되돌아갈 수 없다. 자신을 지켜 줄 껍질이 없는 채 살아야 한다.

"생각할 수 있는 모든 일을 다 했는데도 답이 없었을 테고."

그래서 최후의 선택을 해야만 했다.

"자유 의지를 보여 주고 싶었겠지. 이 세계에 죽음이 없다는 걸 알아차렸을 테니까. 죽음은 만들어진 세상에서 허락되지 않은 단 하나의 선택이잖아."

그렇게 말하는 내 눈에 눈물이 고여 왔다. 지구에 내려오지 않았으면 몰랐을 것이다. 이곳에서 자신만의 인생을 살려고 모든 노력을 한 이들이 있다는 걸. 만들어진 세계를 결국 부수어 내고, 기적 같은 마음을 품은 사람들이 있다는 걸. 자신의 선택에 어떤 후회도 없게 최선을 다한 존재들이 살았다는 걸.

나는, 그러니까 내 몸에 있던 장미래는 정말 온 힘을 다했다. 이해할 수 없는 세상 속에서도 자신이 할 수 있는 일이라면 전부 했다. 차라리 자기 자신이 미쳤다고 생각하는 게 더 편했을 것이다. 일그러진 세계의 끝에 서 있음을 깨닫는 것보다는.

한성제에게 마음을 털어놓기 전까지 장미래가 얼마나 외로웠을지 짐작도 가지 않았다. 다른 사람에게는 말할 수 없는 거대한 비밀을 끌어안고 끙끙대며 살았을 것이다. 이 넓은 지구에 많고 많은 사람이 있지만, 장미래는 계속 혼자였다. 다른 이들을 볼 때마다 오히려 더욱 깊은 고립감을 느껴야 했을 것이다.

고개를 들어 사방을 보았다. 뒤로 펼쳐진 건 이제 새벽빛에 잠긴 너른 들판의 바다와 낮은 여름 하늘뿐이었다.

손에 쥔 편지들이 바람에 흔들렸다. 동시에 편지에 쓰인 이야기들이 내게 흡수되었다. 장미래가 지금껏 숨겨 온 날들이, 불어 온 바람과 함께 내 안으로 들이닥쳤다.

나는 장미래.

그건 참으로 익숙한 내 목소리였다. 동시에 내가 아닌, 다른 장미래의 목소리기도 했다.
"미래야!"
한성제가 미친 것처럼 내 이름을 불렀다. 옆에 있던 영도 고개를 들어 위를 쳐다보았다.

마지막 편지를 쓸 때쯤 나는 내가 어떻게 될 거라고 직감했지. 내가 아닌 영영 새로운 존재가 내 몸에 내려올 거라고.
그걸 처음 알았을 때, 어이없었어. 우리를 이렇게 만든 존재들이 외부에 있을 거라곤 생각하지 않았거든. 상냥한 세계를 만들고서, 우리를 여기에 이렇게 처박아 놓고서.

장미래는 알고 있었다. 내가 육체와 합일할 거라는 걸.

그래서 일부러 내 기억을 숨겨 두었어. 정확히 말하면, 성제와 재희가 있는 기억만 숨겼지. 내가 어떻게 변해도 둘은 들키지 않

을 수 있도록.

 그래서 내가 한성제를 알아보지 못한 것이다. 그것이 편지에 적혀 있던 '한성제를 지키는 방법'이었다.

 내가 누군지, 우리가 어떤 세상에 사는지 깨달았을 때부터 나는 늘 최악을 생각했어.

 그건 지금까지 한 번도 꺼내 놓지 못한 장미래의 이야기였다.

 무서웠어. 안 무서울 리가 없잖아. 너무나 막막해서 그냥 울음이 나왔던 밤이 많았어. 앞으로 어떻게 되는 걸까, 나는 이렇게 영영 혼자인 채로 평생을 보내게 되는 걸까.

 내가 아닌 장미래의 이야기가 사방으로 흩뿌려졌다.

 내가 할 수 있는 건 아무것도 없었고, 변하는 것도 없었지. 세상은 나에게 말하고 있었어. 네가 뭔가를 안다고 해도 달라지는 건 없다고. 무엇을 어떻게 해야 하는지 아무도 알려 준 적이 없잖아.
 정말로…… 포기하고 싶었어. 너무 허무했거든. 내가 살아 있는 것조차 허무했어. 이 상냥한 세계 속에서 대체 뭘 위해 사는 건지 모르잖아. 나는 아무 의미도 없는 거야. 그저 잘 만들어진 부품처럼 기능할 뿐이지.

아무리 기를 쓰고 뭘 해 봤자 어떤 의미도 가지지 못한다면, 나는 대체 왜 지금 이 순간에 존재하는 거지?

장미래가 가지고 있던 감정들이 고스란히 나에게 전해졌다.

장미래는 알고 있었다. 정확히 말하면, 느끼고 있었다. 이 세상을 만들어 낸 것들이 자신들 역시 관리하고 있다는 사실을. 그들이 원하는 게 뭔지는 몰랐지만, 지금 이 모습 그대로 모든 게 유지되기를 바란다는 것 정도는 깨달았다.

사실은 다 포기하고 싶었어. 더 알려고 하지 않고 그냥 길들여져서, 이곳에 길들여져서 사는 것도 괜찮을 수 있다고 스스로를 속였어. 뭐든 아무 의미 없잖아. 내가 아무리 힘들다고 해도 역시 의미 없지. 내 세상은 그저 무의미로 가득 찬 곳이었어.

그러다가 모든 게 바뀌는 그날이 온 거야. 무의미로 가득 찬 세상이 더 이상 그렇지 않게 된 그날이.

불어온 바람이 다정하게 한성제의 머리칼을 날렸다. 보이지 않는 손이 한성제를 쓰다듬는 것처럼 보였다. 아무것도 없이 텅 빈 세상에서도 장미래는 쓰러지지 않았다.

좋아해.

"미래……."

좋아하니까. 처음이야. 내가 처음으로 좋아하는 사람을 두고 어떻게 포기할 수 있었겠어.

텅 빈 세상을 꽉 채워 줄 수 있는 단 하나의 것.

이런 세상에도 불구하고 나는 결국 사랑하게 될 거였어. 그래서 끝까지 가 볼 생각을 했어.

사랑은 무의미에 색을 입히고, 허무에 빠진 사람을 다시 일으켜 세웠다. 그 끝이 무엇이 될지 짐작하면서도 걸어갈 수 있게 해 주었다.

좋아하니까.

그건 너무나 새빨간 진심이었다.
한성제가 무너져 내렸다. 나는 흔들리는 한성제의 어깨를 가만히 쓸었다.

돌아갈 수 없는 건 그들만이 아니다. 나 역시 이전으로 돌아갈 수 없다. 영원히.

나의 분기점은 여기다.

나의 세계는 이곳에서 갈라진다.

세계는 어떻게 돌아가는지 모를 만큼 어지러웠고 단단히 어긋나 있었지만, 이제 한 가지는 확실해졌다.

나는 장미래다. 그럼에도 불구하고, 내 안에는 사랑을 하게 된 장미래의 마음도 함께 합일되어 있다. 나는 이 지구를 그리고 내가 사랑한 것들을 지키기 위해 지금 여기 있는 것이다. 그게 나의 이유다.

*

김재희는 장미래가 남긴 것을 전부 이어받았다. 그리고 장미래가 생각한 것과 같은 결론에 도달했다. 무의미로 가득 찬 이 세계에서 허무를 극복하기 위해서는, 우리의 자유 의지를 보여 주기 위해서는 단 하나의 선택만이 남아 있다고.

"내가 전지훈련을 가 있는 동안 재희와 미래는 많은 것을 했어."

그렇게 말하는 한성제의 얼굴은 수척했다.

섬에서 돌아온 후, 한성제는 자신이 좋아하는 장미래는 더 이상 없다는 걸 인정해야만 했다. 그게 얼마나 어려운 일인지 나 역시 잘 안다. 영과 헤어졌을 때, 나도 똑같은 기분을 느껴야 했다.

"그래서…… 종말론 같은 걸 생각한 거야?"

내 물음에 한성제가 가만히 고개를 끄덕였다.

"그건 재희가 가장 먼저 꺼낸 말이었어. 만약 정말로 이 세계를 이렇게 만들어 놓은 자들이 있다면, 그들에게 보여 줘야 한다고 말이지."

"스스로 선택한 죽음으로……."

"우리에겐 그것 말고는 아무것도 없었으니까. 살아 있어 봤자 길고 긴 허무 속에 몸을 던지는 거나 마찬가지잖아. 그렇게 사는 건 스스로를 좀 먹는 짓이라고 생각했어. 특히 재희가."

"이해해."

정말로 이해했다. 이 세상이 어떻게 만들어진 건지 알아 버린 이들에게는 모든 게 감옥이나 다름없었을 테니까.

"정말로? 알겠어?"

한성제가 다시 한번 물었다.

"응."

나는 크게 고개를 끄덕였다.

"내 안에는 '장미래'도 있어."

그 말에 한성제의 눈동자가 흔들렸다. 내 얼굴을 훑는 시선이 너무나 절박했다. 어딘가에 남아 있을지도 모르는 좋아하는 여자애의 흔적을 찾는 눈은, 정말로 안타까웠다.

"그러니까 이해해."

숨을 한 번 커다랗게 들이마신 한성제가 알겠다는 듯 시선을 떨어뜨렸다. 나는 천천히 다시 물었다.

"그래서 종말론자들이 되기로 한 거야?"

"응, 우연한 기회에 우리와 같은 걸 깨달은 사람들이 외부에도 있다는 걸 알았거든. 전지훈련에서 만난 선수였어. 미래는 비슷한 이들을 모으려고 노력했어. 모아서 뭘 어떻게 하겠다는 계획은 없었지만, 적어도 우리가 혼자가 아니라는 사실만으로도 위로받을 수 있었으니까."

"그런데 장미래가 사라지고 김재희가 그 자리를 이어받으면서 모임이 다른 방향으로 가기 시작한 거구나."

"맞아, 미래가 자신이 죽을지도 모르겠다고 한 후 나는 전지훈련을 떠났고, 나머지 일은 재희가 맡았어. 그래서 뒤늦게야 알았지. 재희가 뭘 선택했는지."

"아마 김재희는 날 보고 확신했을 거야. 장미래가 이전에 말한 것처럼 며칠 동안 사라진 후 완전히 달라진 모습으로 나타났으니까. 그렇게까지 할 수 있는 무언가가 인간 말고도 또 있다고 확신했겠지."

내가 한영을 만나 첫 번째 명령을 이행하던 그 순간부터 김재희의 계획도 차근차근 시작된 것이다. 시간이 얼마나 남았는지 몰랐기에 김재희는 마음이 바빴을 것이다. 어떻게든 해야 했을 것이다.

그래서 세계 곳곳에 있는 이들에게 연락을 돌렸을 것이다. 우리는 종말이 오기 전에 선택을 해야 한다고. 어쩌면 이 세계에서 영영 빠져나갈 방법이 없을 수도 있다고.

아주 조용하고 빠르게, 계획은 퍼져 나갔다.

"내가 그 계획을 안 건, 재희가 죽기 전날이었어."

한성제는 가만히 나머지 이야기를 털어놓았다.

"재희는 모든 게 다 확실해졌다고 했지. 그래, 네 말처럼. 그래서 우리는 남아 있는 하나의 돌파구를 향해 가려고 한 거야."

나는 김재희가 죽기 전에 한 말을 떠올렸다.

"너도 곧 오게 될 거라고……."

내 중얼거림에 한성제가 천천히 고개를 끄덕였다.

"죽음은 이 모든 것을 끝나게 해 줄 선택지이자 우리의 자유를 보여 줄 수 있는 단 하나의 무기였으니까."

"그래서 종말론자들이 된 거였어, 스스로."

이 지구와 육체들에게 타격을 입힐 수 있는 존재. 그들은 숨어 있지도 않았고 다른 곳에서 오지도 않았다. 지구인인 우리가 만들어 낸 육체 안에서 피어난 존재였다.

"왜 여기까지 생각하지 못했던 거야."

아니, 솔직해지자. 직감하고 있었다. 하지만 더 이상 알려고 하지 않았다. 본능적으로 거부했다. 혹시라도 이런 일이 생길까 봐.

"만약 내가 합일하지 않았더라면 적어도 김재희는……."

적어도 김재희는 죽음을 선택하지 않았을 것이다.

"그런 생각 하지 마."

딱 잘라 말한 건 다름 아닌 영이었다.

"되돌릴 수 없어. 일어난 일은 일어난 거야. 판결 주문이 그렇듯."

영의 말에 한성제가 입을 열었다.

"판결 주문이라는 건 또 뭔데? 대체 너희는 누구야?"

영이 나를 보았다. 어떻게 할 거냐는 눈빛이었다.

잠시 생각해 보았다. 이들은 이미 충분한 값을 치렀다. 적어도 이게 어떻게 된 일인지는 알 자격이 있었다.

나는 짧게 지구인에 대해 설명했다. 그리고 이곳에 있는 육체들의 존재 의의에 대해서도. 이야기를 들으며 한성제는 놀랐다가, 분노했다가, 좌절했다가, 마지막엔 체념했다.

"……정말로 바꿀 수 없는 거였구나."

장미래와 김재희와 한성제가 맞섰던 세계는 그들이 생각한 것보다 더 크고 잔인한 곳이었다. 잠깐 고개를 숙이고 있던 한성제가 중얼거렸다.

"그럼…… 막았어야지."

그러고는 고개를 획 들어 올렸다.

"그럼 우리가 이렇게 되는 것도 막았어야지!"

그 외침에 답할 수 없었다. 한성제의 말이 맞다. 왜 지구인들은 거기까지 생각하지 않았을까. 영혼 없이 홀로 남겨진 육체들에게 뭔가가 깃들 수도 있다는 걸, 왜 예상하지 못했을까.

나는 어렴풋이 답을 알고 있었다.

중요하지 않기 때문에. 지구인들에게 육체는 어떻게 되어도 상관없는 것이기 때문에.

조사단이 오는 것도 똑같은 이유다. 굳이 고쳐 가면서 쓰고 싶지 않은 것이다. 뭔가 잘못된 게 있다면 전부 다 없애 버리고 백지에서 시작하는 게 훨씬 더 효율적이니까.

"그럼 이제 우리는 어떻게 되는 거지?"

한성제의 물음에 나는 잠시 머뭇거렸다.

나는 종말론자들의 정체를 알아냈다. 어쨌거나 위에서 내려온 명령은 이행한 셈이다.

그러나 나는 이제 종말론자들을 없애는 데 최선을 다할 수 없다. 저들이 선택한 종말은 마지막 발버둥이었다. 허무의 끝으로 휩쓸려 가지 않도록, 말 그대로 자신의 목숨을 닻 삼아 내린 흔적이었다.

그걸 내가 무슨 수로 막아.

저들은 가지고 있는 것 중 가장 소중한 것을 내놓았다. 나는 그걸 막을 권리가 없다.

몇 개의 대답이 떠올랐다. 그중에서 가장 솔직한 말을 고르기로 했다.

"……모르겠어."

"뭐라고?!"

한성제의 목소리가 떨렸다.

"정말로 몰라. 거짓말을 하고 싶진 않아. 여기까지 와서."

내 대답에 한성제가 영에게 고개를 돌렸다.

"한영, 너는 뭐든지 다 알 수 있다며."

영이 짧은 한숨과 함께 입을 열었다.

"판결 주문은 마구잡이로 예지하는 게 아니야. 정확한 때와 이야기가 맞춰져야만 해. 그리고 한번 읽어 낸 주문은 그 내용이 어떻든 그대로 고정되어 버린다고. 그렇게 되어 버리면 끝이야. 나는 지금 내가 본 이야기 중 가장 기적과도 같은 버전을 골라내기 위해 노력하고 있어."

영의 말에 놀란 건 한성제만이 아니었다.

"이야기들을 봤다고?"

내 물음에 영이 가만히 고개를 끄덕였다.

"대체 뭘 봤는데? 왜 그동안 나에게 알려 주지 않았어? 다른 누구도 아니고 영, 네가 본 게 있었다면 적어도 나에겐 말을 해 줬어야지!"

내가 소리쳤지만 영은 눈 하나 깜짝하지 않았다. 당연히 이럴 거라고 생각했다는 듯한 얼굴이었다.

"내가 뭐라고 할 수 있겠어?"

"뭐라고?"

"내가 천 개의 이야기를 봤다면 그중 구백구십구 개의 이야기는 우리가 실패하는 거였어."

나는 아무 말도 할 수 없었다. 영이 조용히 말을 이었다.

"어딜 둘러보아도 우리는 실패할 거고, 너는 나를 원망하고, 우리가 더는 사랑하지 않는 훗날만이 펼쳐져 있었다고."

그렇게 말하는 영의 목소리는 나긋하고 부드러웠다. 음이 별로 없는 노래를 부르는 것처럼.

"하나씩 퍼즐이 맞춰지고 있어. 그때 내가 본 망한 세계는 조사단이 왔다 간 지구였던 거야. 구백구십구 개의 세계에서, 미래 너는 조사단이 지구에 오는 걸 막지 못했어. 이게 내가 본 거야."

침묵이 우리 위로 가볍게 내려앉았다. 나는 조사단이 떠난 지구를 떠올렸다. 살아 있는 것이 아무것도 없는 지구를.

"그럼…… 우리는 이대로 망하는 거야?"

한성제가 멍한 얼굴로 물었다. 그 얼굴이 유독 어려 보였다. 우주에서 몇백 년을 구른 우리와 다르게 저 애는 이 지구에서 처음으로 태어났다는 사실이 문득 떠올랐다. 한성제는 모든 걸 이해하지 못한 것 같았다. 당연한 일이다. 그는 조사단도, 종말도 그저 막연하게 상상하고 있을 뿐이다.

그러나 나와 영은 다르다. 우리는 몇 번의 종말을 보았다. 물론 그동안은 우리 것이 아닌 종말이었다. 그러나 이번 고지서는 내 앞으로 와 있다.

"······아니."

나는 고개를 저었다.

"이대로 망할 거라면 내가 지금 이곳에 있지도 않았어."

영을 보았다.

"천 개 중에 구백구십구 개라는 건, 하나는 달랐다는 거지?"

"그래."

대답하는 영과 내 눈이 마주쳤다. 우리는 서로가 어떤 생각을 하고 있는지 금방 알아차렸다.

"나머지는 신경 쓰지 마."

한성제가 말도 안 된다는 듯 물었다.

"어떻게 신경 쓰지 않을 수가 있어? 이제 지구가 망한다는 거잖아! 모두 죽는다며!"

"아무것도 확정되지 않았어. 우리가 가지고 있는 건 확률뿐이야."

"뭐라고?"

"아무리 낮은 확률이라도 존재할 수 있어. 우리가 지금부터 해야 할 건 그 낮은 확률을 현실로 만들기 위해 노력하는 거고."

천 개 중 단 하나라도 좋다. 아예 없는 것과 확률이 낮은 것은 하늘과 땅만큼의 차이가 있다.

"우리가 해야 할 건 하나라고. 천 개 중 하나가 우리의 세계에

현실로 존재할 수 있도록 선택을 쌓아 올리는 것."

"말도 안 돼. 그건 그냥 기적을 바라는 거 아니야?"

그렇게 묻는 한성제의 얼굴엔 피곤함만이 어려 있었다.

"그래, 맞아."

한성제가 어이없다는 듯 고개를 내저으며 물었다.

"뭐라고?"

"우리가 만들어야 할 게 바로 기적이라고."

영이 천 개의 이야기를 보았을 때 어떤 기분이었을지 상상도 가지 않는다. 할 수도 없다. 그건 오직 영만이 느낄 수 있는 감정일 테니까.

하지만 천 개의 이야기 중 하나의 희망을 찾아 여기까지 오게 된 마음은 이해할 수 있다. 지금 기적을 만들어 내길 바라는 내 마음과 똑같았을 것이다.

"네가 아는 미래도 이러지 않았을까?"

그 말에 한성제의 표정이 변했다.

"마지막까지 기적을 쫓았을 것 같은데. 나머지 구백구십구 개의 절망에도 불구하고."

*

나는 내 머리 위에 떨어지던 짙은 라일락 그늘을 떠올렸다.

참으로 이상했다. 생각해 보니 모든 게 다 종말로 향하는 미약하고도 오래된 표지판이었다. 이제 나는 거대한 종말을 머리 위에 두고 있다. 어떤 표정을 지어야 할까.

종말이 먹구름처럼 다가오는 순간에도 해는 떴고, 하루는 시작됐다. 푸른 하늘과 바다를 아래에 숨긴 채 일렁이는 들판과 아무것도 모른 채 등교하는 아이들의 모습이 보였다. 다가오는 여름은 휘황찬란할 만큼 들끓고 있었다. 여전히 이곳은 아름다웠다.

나는 옥상에 서서 죽은 김재희와 죽음을 각오한 다른 종말론자들을 떠올렸다.

가장 처음 생각한 방안은 종말론자들을 설득하는 것이었다. 하지만 어떻게 저들을 설득할 수 있을까. 너희가 그렇게 간다면 지구에 조사단이 오고, 그들이 모두를 쓸어 가 버린다고 할까?

아니다. 이미 죽음을 선택한 이들에게 이 말은 어떤 설득도 협박도 될 수 없다. 그저 저들이 가 버리는 시간을 앞당기기만 할 뿐.

나에게는 절대적인 시간이 필요했다. 조사단이 지구에 오기 전에 어떤 방법이든 생각해 내야 했다. 조사단이 오기 전에 이들을 보호할 방법을 찾거나, 아니면 조사단이 이곳에 올 이유를 없애거나.

"장미래, 너라면 어떻게 했을 것 같아?"

내 육체에 깃들었던 다른 장미래에게 물어보고 싶었다.

장미래의 편지를 읽은 후, 나는 다른 장미래를 마치 자매처럼 여기게 됐다. 나와 뿌리는 같지만 다른 상황에서 다른 영향을 받고 자라난 자매. 그러나 이제는 영영 만날 수 없다.

"조사단을 막는다고 해도, 문제는 그다음이겠지."

모든 걸 알아 버린 저들이 여기서 지금처럼 살아갈 수 있을까.

나에게 필요한 건 새로운 대안이었다. 고작 조사단을 막는 것으로는 우리를 구할 수 없다.

"우리……."

부지불식간에 든 생각에 희미한 웃음을 지을 수밖에 없었다. 정말로 살아남고 싶다면, 이곳을 떠나면 그만이다.

저들은 진짜가 아니라고, 그저 만들어진 육체일 뿐이라고 생각했었다. 그런데 이제 나는 이 모든 것을 나의 일부로 받아들이고 있다.

"미래."

나를 부른 건 다름 아닌 영이었다. 교복을 입은 영의 목덜미 근처에서 푸른 칼라가 파도처럼 넘실댔다.

"여기서 널 처음 봤을 때가 생각나네."

"저기 동산을 올라가는 계단에서?"

"응, 그때도 이렇게 네 교복이 파도치고 있었거든."

나는 잠깐 고민하다가 다시 입을 열었다.

"나 때문에 지구에 왔다는 말이 그런 건 줄 몰랐어. 네가 말도 안 되는 소리를 한다고만 생각했거든."

"어떻게 말해도 이상했을 거야."

"왜 그동안 설명하지 않았어?"

"……너와 나의 끝이 아마도 최악일 거라고?"

영의 말에 피식 웃고 말았다.

"그러네, 그렇게 말할 순 없었겠지."

"그리고 내가 말하면 넌 그렇게 믿었을 거잖아."

아니라고 할 수 없었다. 판결 주문을 가지고 있는 영이 다가올 날에 대해 말한다면 그대로 믿는 수밖에는 없었을 테니.

"난, 미래 네 선택을 따르고 싶었어."

"그래서, 내가 절망하는 게 보고 싶지 않아서…… 그 이유 때문에 지구에 왔고 십구 년을 살았어?"

내 질문에 영은 선선히 고개를 끄덕였다.

"응."

"왜?"

"사랑하니까."

참으로 단순한 답이 나온다.

"사랑은 나와 너와 우리가 모두 내가 되는 거래. 그래서 너의 슬픔이 곧 나의 슬픔이 되고, 너의 허무가 곧 나의 허무가 되는 것이라고."

"그런 이야기는 또 어디서 들은 거야?"

"글쎄, 잊어 먹었네."

"그래서 나의 슬픔을 막기 위해 여기까지 온 거구나."

"응, 그리고 더는 나를 사랑하지 않는다고 말하는 너를 그냥 넘길 순 없었어."

영이 나에게 한 걸음 다가왔다.

나는 또 다른 장미래를 완전히 이해했다. 아무리 세상이 허무에 가라앉아 있어도 사랑이 우리의 유일한 산소 줄이 되어 준다는 것을, 전부 이해했다. 또 다른 장미래와 한성제의 이야기가 내 안에 함께 있었다.

"나를 아직 사랑하지?"

그렇게 묻는 영의 모습은 참으로 애틋해 보였다.

"내가 어떻게 널 사랑하지 않을 수 있겠어."

내가 할 수 있는 대답은 늘 하나뿐이다.

대답을 들은 영이 희미하게 웃었다.

"어쩌면 우리는 정말로 기적을 만들 수 있을지도 몰라. 네가 나를 사랑한다고 말하는 한."

그렇게 말한 영이 뭔가를 나에게 건넸다.

"이게 뭐야?"

"열어 봐."

작은 봉투 안에서 엽서처럼 생긴 것이 나왔다. 거기엔 밀코메다 공용어로 짧은 글귀와 무언가의 루트가 적혀 있었다. 엽서를 빠르게 읽은 나는 고개를 들었다.

"이거…… 정말이야?"

"응, 루트 변경 허가가 났어."

엽서 아래 별들의 이름이 적힌 루트 끝부분엔 선연하게 '지구'가 적혀 있었다.

"조사단을 당장 막을 수 있는 방법은 이것뿐인 것 같아서."

"어떻게 했어?!"

"저번에 나에게서 가져간 판결 주문이 이들과 관련된 것이더라고. 주문값을 해 달라고 했지."

나는 멍하니 엽서에 적힌 내용을 다시 한번 읽었다. 그건 장례식 안내 사항을 엄숙하고 예의 바르게 담은 초대장이었다. 밀코메다은하에서 일어나는 가장 성대하고도 중요한 장례식.

"거문고자리인의 장례식……."

베가가 있을 그 장례식이다. 베가가 장례식에 참가하게 되었다는 소식을 기쁜 목소리로 전한 게 너무 옛날 일처럼 느껴졌다.

"사실 장례 행렬은 거의 끝났어. 며칠만 더 늦었더라도 아마 이대로 지구를 지나쳐 갔겠지."

"그래서 이 장례 리스트에 지구를 올렸다는 거야?"

"응."

"그럼 우리가 장례 리스트의 마지막 행성이지?"

"맞아."

머릿속에 있는 『은하 문화 예술 총서』의 책장을 넘겼다. 거문고자리인의 장례 행렬의 가장 마지막은 그들의 고향인 거문고자리에서 행해진다. 마치 영혼에 새겨져 있는 것처럼, 그들은 죽을 때가 정해지면 고향으로 모두 되돌아간다.

"그럼 저들이 최대한으로 머무를 수 있는 날짜가……."

나는 재빠르게 계산했다. 조사단이 지구에 내려올 날짜와 거문고자리인의 장례 행렬이 지구에 머무를 수 있는 최대 일수 사이에서 마친 계산의 결과는…….

"3일이라면 나쁘지 않아."

거문고자리인의 장례식은 커다란 의미를 가진다. 그러니 그들이 지구를 장례 리스트에 올려 두기로 했다면 그렇게 될 것이다. 조사단도 그 기간만큼은 지구에 내려올 수 없다.

"거문고자리인들이 이 사실을 공표했어?"

내 물음에 영이 고개를 끄덕였다.

"아마 지금쯤이면 까마득히 높은 곳에 있는 윗분들도 그리고 조사단도 전부 알았을 거야."

"그렇다면 우리가 여기서 뭔가를 꾸미고 있다는 것도 알았겠네."

"그렇겠지. 거문고자리인들이 보호 행성인 지구를 굳이 장례 리스트에 올릴 일은 우리 말고는 없으니까."

나에게 주어진 3일을 생각했다. 이걸 어떻게 사용하느냐에 따라 우리의 결말이 달라질 예정이다.

"어떻게 하고 싶어, 미래야?"

그 질문에 대한 대답은 이미 나와 있다. 어떻게든 모두를 살리고 싶다. 허무해도 살아 볼 수 있지 않냐고 말하고 싶다.

*

여름의 태양이 지고 있었다. 찬란한 빛이 푸른 하늘의 끝부분을 주홍색으로 물들였다.

일렁이는 들판을 바라보았다. 이제 우리에게는 시간이 얼마 없다. 오늘 밤이면 거문고자리인들이 지구에 도착할 것이다.

위에서 몇 개의 메시지가 왔다. 물론 무시했다. 지금 그걸 열어 보는 건 괜한 공포심에 스스로를 몰아넣는 꼴밖에 되지 않는다.

목요일에 함께 있었던 동료들이 뭐라고 말할지 모르겠다. 아마 내가 지구에 완전히 동화되었거나 미쳤다고 할 수도 있다.

하지만 상관없다. 내 인생에서 가장 중요한 일은 지금 여기서 일어나는 것들이니까. 후회할 일로 가득 차 있는 어제도 아니고, 아무것도 정해지지 않은 내일도 아니다. 오늘만이 나에게 주어진 유일한 시간이다.

"다 준비됐어?"

뒤에서 다가온 영이 물었다.

"일단은. 내가 생각한 건 다 준비하긴 했어."

"한성제는?"

"다른 종말론자들에게 오늘 있을 일에 대해 전해 달라고 부탁했어. 미리 말해 두는 게 나을 것 같아서."

"잘했어."

"고맙다고 하더라, 성제가."

그렇게 말하는 한성제의 얼굴은 진심이었다.

"미래, 너는 어땠는데?"

"그 말을 들어야 할 사람은 따로 있잖아. 어떻게든 잘 전해 주겠다고 했어."

"……사실 난 조금 걱정했거든."

"뭘?"

"아무튼 네 안에는 육체에 있었던 장미래도 함께 있는 거나 마찬가지잖아. 그래서……."

잠깐 머뭇거리던 영이 시선을 다른 곳으로 돌렸다.

"그래서?"

"어쩌면 네가 그 애를 좋아하게 될 수도 있겠다고 생각했어."

그 말에 나는 순간 웃음을 터뜨렸다.

"그런 생각을 하고 있을 줄은 몰랐는데."

"그렇잖아."

"너도 불안한 게 있구나."

"너와 관계된 일이라면 그렇게 되는 것 같아. 어쩔 수 없어."

"그럼 불안하지 않도록 옆에 있을게. 그러려고 내가 여기 있는 거잖아."

영이 고개를 끄덕였다.

"자, 그럼 우리도 준비하자."

오늘 밤부터 긴 하루가 시작될 것이다. 우선 거문고자리인들을 맞을 준비를 해야 한다.

"다행이라고 해야 할지, 물리적인 위치는 나쁘지 않으니까."

세종고가 있는 곳은 반경 2킬로미터 정도에 아무것도 없는 곳이다. 거문고자리인들이 내려오기에 딱 알맞다. 게다가 들판은 파도처럼 움직일 수 있다. 이곳에서 다른 곳으로. 그건 내 계획에 그야말로 안성맞춤이었다.

"거문고자리인들이 잘 내려올 수 있겠지?"

영의 질문에 고개를 끄덕였다.

"아마 그럴 거야. 베가가 앞장서서 다른 이들을 이끌 테니까."

"베가라면……."

"내 친구. 내가 어디 있는지 정확하게 알고 있거든."

"아, 저번에 판결 주문을 보낼 때 도와줬던 그 친구?"

"응."

"그럼 내려오는 건 문제없겠네."

고개를 끄덕인 영이 나를 보았다.

"이 앞에 어떤 것이 우리를 기다리고 있다고 해도, 내 마음은 항상 똑같아. 그건 변하지 않는 내 안의 정해진 판결 주문이나 다름없어."

"알아, 너무나 잘 알고 있어. 나도 똑같은 마음이니까."

앞으로 우리에게 남은 시간이 많을 거라고 믿고 싶다. 오늘 밤, 내일 밤을 넘어 이 뜨거운 여름이 저물더라도 함께 있을 거라고.

그러려면 지금을 잘 보내야 한다. 나는 팔을 뻗어 영의 손을 잡았다. 우리의 손가락이 서로에게 얽혀 들어갔다.

다른 건 전부 믿을 수 없어도 이것 하나만큼은 확실하다. 영이 나의 슬픔을 바랄 리가 없고, 나 역시 영의 슬픔을 바라지 않는다는 것. 우리는 서로에게 최선의 선택만을 골라 줄 것이다.

언어로는 다 전할 수 없는 감정이 우리를 동시에 덮었다. 안도감이다. 나를 완전히 이해해 주는 사람이 있다. 이렇게 세계의 종말 앞에 서 있을 때조차 나의 손을 잡아 줄 사람이 있다.

나는 이 지구에 완전한, 진짜 사랑을 배우러 온 건지도 모른다.

나와 영은 서로를 바라보며 웃었다. 마지막 노을이 우리 사이에서 반짝이며 수면 아래로 가라앉았다.

들판은 어느새 바다로 변해 있었다. 푸른 바다가 일렁였다. 한성제에게 듣기로는 오늘이 만조라고 했다. 물이 가장 빠르고 높게 차는 때. 때가 좋았다. 나는 이용할 수 있는 거라면 전부 다 이용하기로 마음먹었다.

"이 정도로 거문고자리인을 모두 맞이할 수 있어? 수가 상당할 텐데."

영의 물음에 고개를 끄덕였다.

"그래서 준비한 게 있어."

어두워진 하늘을 가만히 바라보았다. 수많은 별이 반짝였다. 저 중에는 조사단도 있을 것이고, 우리가 무슨 일을 저지르고 있는지 알지 못해 발을 동동 구르는 이들도 있을 것이다. 지구가 보호 행성이라는 게 이렇게 다행일 수가 없었다.

시간을 한 번 확인했다.

"영, 부탁 하나 할게."

"뭐든지."

"들판의 바다 위로 거문고자리인들이 떨어질 거야. 별똥별처럼. 네가 말한 것처럼 지금 이걸로는 거문고자리인들을 전부 수용하긴 어려워. 그러니 그들이 충분히 떨어지면 다른 곳으로 옮겨 줄 수 있어?"

들판의 바다는 다른 보호 구역들과 이어져 있다. 이곳에서 보낸 장미래의 편지가 지구 반대편에 있는 울룰루까지 간 것을 생각해 보면, 범위는 충분히 넓다. 지구 곳곳에 거문고자리인들을 배치할 수 있다.

"바다는 내 고향이나 다름없는 곳인걸. 당연히 할 수 있어."

영은 커다랗게 고개를 끄덕였다.

그 순간, 하늘이 밝아졌다.

"열린다."

거문고자리인들이 곧 내려온다는 뜻이었다. 어둡던 하늘 가운데로 은하수 같은 밝은 별의 집합체가 모습을 드러냈다.

영이 나에게 마지막으로 고개를 까닥였다. 그러곤 매끄러운 동작으로 들판의 바다에 들어섰다. 그 모습은 마치 바다에 깃드는 것 같았다.

쏴아아—.

나는 영의 몸 위로 치는 파도를 느낄 수 있었다. 그건 한때 내 몸이었던 조개에서 울리던 파도 소리와 비슷했다. 영이 평생을 듣고 느꼈던 그 파도를, 지금의 내가 다시 듣는 것이다.

우리는 연결되어 있었다. 들판의 바다 아래로 영이 깊이 가라앉았다. 나는 그 안에서 울리는 이야기들을 함께 들었다. 지구인들이 이곳을 떠난 후에 켜켜이 쌓인 것들이었다. 인간의 이야기만이 아니었다. 이 지구에 머무는 모든 것의 이야기였다. 본래 지구에서 살아온 것들의 노래와 꿈과 상상이 뒤섞여 있었다.

우리는 정말로 연결되었다. 모든 것과. 꽃 하나, 물방울 하나, 불어오는 바람 한 점과도 연결되어 있었다.

모든 궤도와 시간이 한 점에서 만났다.

고개를 들어 올리자 밝게 빛나는 별똥별이 떨어져 내렸다. 우주를 가로질러 죽음을 향해 날아온 거문고자리인들이 하나씩 바다 위로 내려앉았다.

아마 어디서나 이 광경이 보일 것이다. 각자의 하늘에서 별이 쏟아지는 모습을 볼 수 있을 것이다.

별들이 바다에 내려앉고 바다가 별로 가득 찼을 때, 들판이 일렁였다. 풀들이 노래했다. 언젠가 영이 불러 준 노래였다. 노래와 함께 별들이 파도를 치며 이동했다. 바다 깊은 곳에서 움직이는 영의 모습이 보였다.

지구 곳곳으로 별이 퍼졌다.

"리라의 흐름을 타고……."

내 말과 동시에 허공을 리라 소리가 채웠다. 그건 하나로 영근 천둥소리 같기도 했다.

거문고자리인의 리라는 어딜 눌러도 같은 음이 나는 현악기다.

어딜 눌러도 같은 음.

누가 눌러도 같은 음.

그렇기에 거문고자리인의 음악에서 리라는 시작이자 마지막 음을 담당하는 악기다.

"결국 리라의 흐름이 우리를 여기까지 인도했네."

어느새 내 앞에 베가가 서 있었다. 커다란 미소를 지은 채. 베가는 계속해서 떨어지는 거문고자리인의 별똥별을 보았다.

"좀만 늦었더라면 우리는 이대로 지구를 지나쳤을 거야."

"때와 상황과 운명이 모두를 이곳으로 이끈 거지."

내 말에 베가가 고개를 끄덕였다.

"그 어느 때보다 지구인 같다, 미래."

"거문고자리인다운 칭찬이네."

"그래서, 우리까지 부른 데에는 이유가 있을 거라고 생각하는데."

베가의 말에 나는 이쪽의 이야기를 간략하게 설명했다. 그리고 이곳에 거문고자리인들을 부른 진짜 이유도.

"조사단을 막은 건 임시방편이야. 내가 원하는 건 따로 있어."

말해 보라는 듯 베가가 눈을 일렁였다. 이제는 모두의 도움을 받아야 할 차례다.

"이곳에 있는 모든 인류의 꿈을 이을 수 있어? 네가 내 꿈에 나타났던 것처럼 말이야. 꿈은 무의식과 연결되어 있으니까."

"어려운 걸 부탁하네."

"거문고자리인들은 장례식 때 모든 걸 다 나눠 준다고 들었어."

그러자 베가가 또 한 번 커다랗게 웃었다.

"응, 맞지."

"우리에게도 베풀어 줘. 부탁이야."

나는 베가의 손을 잡았다.

"미래?"

왜 이러느냐는 베가의 목소리에도 손을 놓지 않았다. 내게 온 기회를 놓칠 수 없었다.

"부탁이야, 제발."

"……정말로 사랑에 빠졌구나."

베가의 일렁이는 눈동자가 나를 향했다. 불길처럼 타오르는 그 눈에 내 모습이 비쳤다.

"응, 그래서 내가 할 수 있는 건 다 하고 싶어."

"우리가 여기에 온 것도 어떤 의미가 있겠지. 리라의 흐름이 우리를 여기까지 인도한 셈이니까."

"그럼……."

"할게. 너도 네 자리에서 할 수 있는 걸 정말로 다 해."

*

리라 소리가 하늘 가득히 퍼졌다. 우리는 내일이 없을지도 모르는 종말의 밤에 서 있었다. 뜨거운 낮이 진 자리가 아직 공기 중에 남아 있는 여름밤이었다. 울어 대는 풀벌레 소리 하나, 햇볕에 타 버린 잎사귀 하나가 전부 소중한 밤이었다. 세종고등학교 아이들의 눈이 나를 향했다.

아이들만이 아니다. 이 별에 있는 모든 이가 내 목소리를 들을 것이다. 종말론자만이 아니다. 이곳에 있는 사람들에겐 빠르나 늦으나 결국 자신만의 진짜가 생길 예정이니까.

베가가 이어 준 거대한 꿈은 지구만큼이나 컸다. 나는 모두가 깊은 잠에 빠져 있을 진짜 지구 쪽을 떠올렸다. 육체는 잠에 들고,

우리의 영혼은 이곳에 모여 있다.

아무도 입을 열지 않았다. 이제는 모두가 안다. 자신들은 이 세상에서 아무런 존재 의의도 없으며, 그저 어디 있는지도 모르는 영혼의 육체를 보살피는 목표만을 가진 채 살아왔다는 걸.

그리고 지금 이게 마지막일 수도 있다는 걸, 모두 알게 되었다.

저들의 시선이 나에게 날아와 박혔다. 무서웠다. 그래, 무섭지 않을 리가 없었다. 내가 저들을 이렇게 만든 것일 수도 있으니까. 나의 최선이 다른 이들에게는 최악의 결과를 가져올 수도 있다.

그때, 나는 다른 장미래의 이야기를 떠올렸다.

무서웠어. 안 무서울 리가 없잖아. 너무나 막막해서 그냥 울음이 나왔던 밤이 많았어.

그렇게 말한 장미래의 마음이 너무나도 절절하게 느껴졌다. 나 역시 무섭다. 그러나 내가 하지 않으면 안 되는 일이 있다. 끝까지 가지 않으면 안 되는 사랑이 있다. 그러니 마지막이어도, 나는 이들에게 말해야만 한다.

아이들 사이에 서 있는 한성제의 모습이 보였다. 한성제가 고개를 천천히 끄덕였다.

그리고 가장 끝에 서 있는 건, 영이었다. 나에겐 모든 게 망해도 함께 망하자고 말해 주는 이가 있다. 그러니 여기서 한 발 더 나가지 못할 이유는 없다.

나는 입을 열었다.

"알고 있어. 너희가 어떤 마음일지, 정말로 잘 알고 있어."

내 이야기는 베가가 이어 준 꿈을 통해 모두의 마음에 닿았다.

"결국 내가 아무것도 아니라는 사실을 알게 되었으니 정말로 허무할 거라고 생각해. 이 세계는 만들어진 세계고, 내가 없어진 다고 해도 아무 의미도 없다는 걸 깨달았으니까. 알고 있어. 그냥 몰랐으면 좋았겠다는 생각도 들겠지. 아니면 그냥 여기서 포기하고 싶을 거야. 차라리 죽고 싶을 수도 있어."

달라지는 것도 없는데 그냥 죽으면 안 되는 거야?

그렇게 묻는 이들의 목소리가 들리는 것만 같다. 나는 천천히, 계속해서 이야기한다.

"하지만 난 그게 우리의 가장 인간적인 부분이라고 생각해. 우리는 매일같이 후회하고, 도대체 내가 왜 태어났는지 궁금해하고, 너무나 지루해하고, 아무 의미도 없는 것들 사이에서 상처받고 울지. 그러면서 동시에 구원을 찾으며 매일 밤을 보낼지도 몰라. 그렇게 외로워하고 공허해하면서 하루하루를 버텨 가는 거야."

앞으로는 어떻게 되는 걸까, 나는 이렇게 영영 혼자인 채로 평생을 보내게 되는 걸까.

장미래가 한 이야기는 결국 나를 포함한 모두의 이야기였다.

"하지만 그게 이겨 내야 할 무언가가 아닐 수도 있어."

내 말에 별과 바다와 영혼 들이 일렁거렸다.

"우리는 모두 허무를 느껴. 그걸 부정하려고 하면 안 돼. 그건 우리가 살아가는 흔적이자 인간적이라는 걸 알려 주는 증표라고 생각해. 그것 역시 우리 자신이고, 뜻이고, 의미일 거야. 넘어서고, 극복했다고 해도 되돌아올 테니까. 매일매일 이기면서 살 순 없는 법이잖아? 힘든 날도 있고 질 수밖에 없는 날도 있겠지. 중요한 건……"

이런 세상에도 불구하고 나는 결국 사랑하게 될 거였어.

"그럼에도 불구하고 계속 살아가는 거야. 이 깊은 허무도 지금 이 순간 내가 살아가고 있다는 의미라고 여기면서."

그러니까.

"그러니까 여기를 끝으로 삼지 마. 네가 끝나면 너의 세계도 여기서 끝나는 거야."

아직 네가 모르는 좋은 것이 많을 수 있잖아. 영원할 것 같은 허무도 언젠가는 지나갈 수 있잖아. 길고 긴 나날 중 하루 정도는 행복하다고 생각할 수도 있잖아.

"너의 세계를 여기서 끝내지 마. 부탁이야."

*

나는 새로운 종말을 보았다.

우리는 종말을 앞두고서 가장 사소하고 내밀한 이야기를 시작했다. 너무 작고, 어디에 말하기도 부끄러운 것들이었다. 하고 싶었지만 이루지 못한 것, 남몰래 좋아하고 있었던 것, 이유도 없이 기분이 좋았던 순간, 좋아하고 사랑하는 것.

구원은 다른 누군가가 손을 뻗어 우리에게 들려 주는 게 아니었다. 아무리 사소한 구원이라도, 스스로 만드는 것이었다. 다른 이들이 보기엔 그게 정말 아무것도 아니더라도, 자기 자신을 웃게 만들 수 있다면 충분했다.

울고, 웃고, 다시 울었다. 그리고 마침내 우리는 이 종말을 어떻게 끝낼지 합의했다.

"고마워."

가장 앞에 선 베가에게 마지막 인사를 건넸다.

거문고자리인들은 이곳에 있는 새로운 영혼들에게 내일을 건네주기로 했다. 해가 뜨고 거문고자리인들이 지구를 떠나면 이곳으로 올 조사단을 피할 수 있는 단 하나의 방법.

"우리는 이것도 운명이라고 생각하고 있어. 언젠가는 또 다른 운명이 우리를 엮어 주겠지. 그때가 되면 내가 고마워할 일이 생길 수도 있으니까."

베가가 여전히 시원한 미소를 지었다.

거문고자리인들은 이곳의 새로운 영혼들과 '합일'했다. 돌아간 고향에서 그들은 자신들이 정한 영광스러운 죽음으로 향할 것이고, 남은 영혼들은 새로운 탄생을 맞이할 것이다. 그럼에도 불구하고 이 세상을 사랑할 수 있는 날이 언젠가는 올 수 있도록.

"미래, 너는 네 지구에서 하고 싶은 걸 해."

그렇게 말한 베가가 힐긋 하늘을 보았다. 내 옆에 있던 영이 말했다.

"이제 가야 해."

그 말에 베가가 리라를 울렸다. 똑같은 음이 새벽하늘을 울렸다. 합일한 거문고자리인들이 고향을 향해 하나씩 움직이기 시작했다. 나는 손을 흔들었다.

그중 둘이 내 쪽으로 걸어왔다. 처음 보는 얼굴들이었지만, 나는 그들이 누군지 바로 알아차렸다.

"미래."

김재희와 한성제였다. 정확히 말하면 둘과 합일한 거문고자리인이었다.

"우리를 놓지 않아 줘서 고마워."

재희가 내민 손을 꽉 잡았다. 곧 뒤에 있던 한성제가 앞으로 나섰다.

"이제는 정말로 보내 줄 차례네. 마지막으로 미래에게 하지 못했던 말을 해도 될까?"

나는 천천히 고개를 끄덕였다.

"……좋아해, 미래야."

그 말을 듣기 위해 장미래는 아주 멀리 돌아왔다. 내 안에 합일된 장미래가 미소 짓는 것이 느껴졌다.

"우리, 언젠가는 다시 만나. 그 어떤 모습이라도 나는 널 알아볼 테니까."

말로 하지 않아도, 한성제는 장미래의 대답이 뭔지 알았을 것이다.

"잘 있어."

그 말을 마지막으로 둘의 모습이 사라졌다.

저 멀리서 해가 떴다. 나는 손을 계속해서 흔들었다. 내 옆에는 영이 함께 있었다.

우리는 끝까지 기적을 만들어 냈다. 누군가가 내려 준 기적 같은 게 아니었다. 나의 세상을 끝내지 않고 살아 있기에 만들어 낼 수 있던 기적이었다.

종말의 여름은 녹아내렸다.

우리는 여기에 있었다.

작가의 말

1. 소다수에 여름을 짜 넣습니다.
2. 거기에 사랑을 한 스푼 넣고 차갑게 얼린 멸종을 적당량 띄웁니다.
3. 모두 잘 섞이도록 잘 흔들어 줍니다.
4. 끝날의 색이 나오면 그 위에 들판의 향기를 불어 넣고 마지막으로 얇게 슬라이스 한 별을 뿌립니다.

멸종될 여름에 소다 거품을, 완성!

색색의 감정과 시간 들을 섞어 만든 이야기는 어떠셨나요? 눈으로 이야기를 마시는 내내 즐거우셨으면 좋겠네요.
『멸종될 여름에 소다 거품을』은 앤솔러지『3월 2일, 시작의 날』

에 실린 단편 「언제나 평생에 한 번」의 내용을 잇는 이야기입니다. 이야기의 시작은 라일락꽃이었습니다. 중간에 미래가 흐드러지게 핀 라일락을 보면서 영과 이야기를 나누는 부분이 있는데, 아름답게 핀 꽃을 보며 종말을 떠올리는 사람들에 대한 내용을 써 보고 싶다는 마음에서 출발했습니다.

이야기 속 종말은 추상적이고 가끔은 아름답기까지 합니다.

종말은 진짜 종말일 수도 있겠지만, 한편으로는 우리 마음속에서 종말을 맞은 많은 것을 의미하기도 합니다. 어린 나이에는 수많은 것이 들판의 풀들처럼 훌쩍 자라 버리고 또 인식하지도 못하는 사이에 종말을 맞습니다. 저 역시 지금은 기억하지도 못할 종말들이 마음속 어딘가에 남아 있겠지요.

그러니 종말은 끝이 아니라 새로운 시작이라고도 할 수 있습니다. 깊은 바다 행성에 살던 영이 마침내 해수면을 뛰어넘고, 미래가 천 개의 이야기 중 구백구십구 개의 실패를 제치고 하나의 진짜 이야기를 찾아내고, 성제가 잘 정돈된 세계를 깨고 거칠고 아픈 사랑을 찾아 나선 것처럼 말입니다.

이야기를 읽은 여러분의 종말과 시작은 무엇이었는지 궁금합니다.

여담으로 베가는 제가 상당히 좋아하는 타입의 우주인입니다. 꿈속에서 리라 소리를 듣게 되는 날이 오면 좋겠네요.

종말과 시작에 대한 새로운 이야기를 하나 더 얹을 수 있어서 감개무량합니다.

글 쓰는 데 언제나 도움을 주는 가족과 친구들 그리고 이 이야기를 만드는 데 많은 도움을 주신 전유진 편집자님께 감사의 말씀을 드립니다.

마지막으로 글을 읽어 주신 독자 여러분, 항상 감사합니다.

또 다른 이야기로도 뵈어요!

박에스더

멸종될 여름에 소다 거품을
ⓒ 박에스더, 2025

초판 1쇄 인쇄일 | 2025년 10월 30일
초판 1쇄 발행일 | 2025년 11월 17일

지은이 | 박에스더
펴낸이 | 정은영
편   집 | 전유진 김수진 임종현
디자인 | 김지인
마케팅 | 이언영 연병선 임동렬 임병천
IP기획 | 신은혜 김현영
제   작 | 홍동근

펴낸곳 | (주)자음과모음
출판등록 | 2001년 11월 28일 제2001-000259호
주   소 | 10881 경기도 파주시 회동길 325-20
전   화 | 편집부 (02)324-2347, 경영지원부 (02)325-6047
팩   스 | 편집부 (02)324-2348, 경영지원부 (02)2648-1311
이메일 | jamoteen@jamobook.com

ISBN 978-89-544-7314-9 (43810)

잘못된 책은 구입한 곳에서 교환해 드립니다.

이 책의 판권은 지은이와 (주)자음과모음에 있습니다.
책 내용의 전부 또는 일부를 사용하려면 반드시 양측의 동의를 받아야 합니다.